—¡NO OLVIDES TU SILBATO! —le recordaba Hope a Honey todas las mañanas, todos los días. Honey *necesitaba* aquel silbato por si había una emergencia, por si todo salía terriblemente mal.

Hope y Honey Scroggins eran las hermanas más unidas del mundo, y lo habían sido siempre. ¡Tenían muchísima suerte por quererse de aquel modo!

Sin embargo, no habían tenido la misma suerte con sus padres.

El señor y la señora Scroggins eran un verdadero horror.

Dirección Editorial
Raquel López Varela
Coordinación Editorial
Ana María García Alonso
Maquetación
Susana Diez González
Titulo original
The Memory Bank
Traducción
Alberto Jiménez Rioja
Nuria Jiménez Rioja

Text copyright © 2010 by Carolyn Coman.
Illustrations copyright © 2010 by Rob Shepperson.
All rights reserved. Published by arrangement with Scholastic Inc., 557 Broadway,
New York, NY 10012. USA.
This Book was negotiated through Ute Körner Literary Agent, S.L.,
Barcelona – www.uklitag.com
© EDITORIAL EVEREST, S. A.
Carretera León-La Coruña, km 5 - LEÓN
ISBN: 978-84-441-4632-4
Depósito legal: LE. 772-2011
Printed in Spain - Impreso en España

EDITORIAL EVERGRÁFICAS, S. L.
Carretera León-La Coruña, km 5
LEÓN (España)
Atención al cliente: 902 123 400
www.everest.es

Carolyn Coman

Rob Shepperson

El banco de memoria

—¡OLVÍDALA!

El padre de Hope no estaba de broma. Jamás bromeaba.

Unos momentos antes le había ordenado a Honey —la hermana pequeña de Hope, a la cual una fina película de chicle le cubría la mayor parte de su carita— que bajara del coche.

—Lo he dicho un millón de veces —había sentenciado—. Nada de risas.

Lo siguiente que salió de su boca, mientras ponía de nuevo el coche en la autopista con un pisotón al acelerador que hizo saltar el vehículo hacia delante, fue:

—¡Olvídala!

Al irse, dejaron tras ellos una nube de polvo.

Hope, aturdida, se quedó mirando a su hermana por la luna trasera. Durante un momento ni siquiera pudo distinguir el cuerpecillo de Honey entre la polvareda que habían levantado las ruedas del coche y, cuando fue capaz, su hermana empequeñecía a ojos vistas.

—Se lo advertimos —comentó el padre.

—Ya iba siendo hora de darle una lección —abundó la madre.

Honey, que se hacía más y más pequeña, agitaba una manita gordezuela en un triste gesto de despedida. Al abrir la boca para gritar el hombre de su hermana, Hope descubrió que se había quedado sin voz.

—¿Qué tal si cenamos pastel de carne? —preguntó el padre.

La madre respondió:

—Tú y tus pasteles de carne —y extendió una mano para palmear la de su marido.

Hope miraba fijamente hacia atrás.

Honey era una manchita.

¡Honey se había esfumado!

Oh, Honey, ¿dónde te has ido?

BBCN

HOPE SUPLICÓ A SUS PADRES que dieran la vuelta, que volvieran.

Pero aceleraron carretera adelante.

Incluso cuando su padre hubo tomado un desvío, y luego otro, y luego otro más, Hope continuaba mirando por la ventanilla, buscando en vano a su hermana.

—Casi hemos llegado —gorjeó la madre.

Hope estaba histérica:

—Tenemos que pedir ayuda…

—Ni hablar —contestó el padre.

—¡Pero Honey…! —suplicó Hope.

—Olvídala —dijo el señor Scroggins. De nuevo.

—Eso —remachó la señora Scroggins. En cuanto llegaron a casa, la pareja tiró a la basura el colchón de Honey y colocó su ropa en las ramas más bajas de los árboles y en los esmirriados arbustos del patio para vendérsela a los transeúntes, junto con sus juguetes: veinticinco centavos la pieza y cinco por un dólar.

A Hope la dejaron dentro, con las pelusas. A cualquier parte que mirara, todo lo que veía y lo que no veía le recordaba a Honey, y cada recordatorio era un sobresalto.

—Llamemos a la policía —suplicó cuando sus padres volvieron de la liquidación de los objetos de su hermana—, ¡hay que llamar a *alguien*!

—Nada de teléfono —contestó su padre encogiéndose de hombros; su madre se limitó a ordenarle que pusiera la mesa.

—Para tres —le recordó.

Después de cenar, el señor y la señora Scroggins reclamaron el dormitorio de Hope y Honey para ellos dos. Hope tuvo que buscarse otro sitio para dormir.

Arrastrando sus escasas pertenencias, la niña siguió con sus súplicas:

—Tenemos que hacer *algo* para que Honey vuelva.

—Honey, ¿quién es Honey? —contestaron al unísono sus padres. Luego se miraron, entrelazaron los dedos meñiques y se dieron un piquito.

Las cosas no mejoraron. El señor y la señora Scroggins se referían a Hope como si fuera su única hija: acataron su propia orden y nunca más volvieron a mencionar a Honey. Era terrible.

Una noche, mientras Hope fregaba el suelo del baño, se le escapó un grito desde lo más hondo, un grito que fue incapaz de sofocar:

—¡Honey!

El señor Scroggins, que estaba en la cocina preparándose un bocata, la oyó y le advirtió:

—Te lo digo por última vez. Olvídala.

Hope agitó el cepillo de fregar por encima de su cabeza: ¡nunca, *jamás*, la olvidaría! Guardaba a Honey en su corazón, en su corazón roto, como un huevo en su nido.

Pero la terrible verdad de la ausencia de su hermana estaba pasándole factura. Al cabo de un rato se puso el camisón, se acurrucó en su camastro del garaje y decidió dejarlo correr.

Después de que Hope lo dejara correr, su vida dio un giro inesperado.

No fue ninguna sorpresa, dado que pasaba la mayor parte del tiempo tumbada en el camastro y que dormía muchísimo más; era lógico. Lo que no era lógico era el vendaval, el bombardeo, la tremenda avalancha de sueños que se abatió sobre ella; nunca había experimentado algo así. Aquella forma exagerada de soñar le

abrió los ojos a un mundo nuevo y diferente. ¡Soñaba como si su cabeza no supiera hacer otra cosa! Por las noches (y por las mañanas y por las tardes), se acurrucaba, se adormilaba y encontraba tras sus párpados cerrados lo que no podía hallar en ningún otro sitio. En sus sueños al menos, encontraba a Honey.

No es que Hope recordara todos sus sueños, ni que todos ellos fueran felices: la mayor parte se esfumaba con el despertar, pero dejaban un resto, un sabor —sabor a miel— infinitamente más dulce que cualquier otra cosa y hacían nacer en ella el anhelo de volver a soñar, de soñar más.

Soñar se convirtió en lo mejor de los días y las noches de Hope. Soñar le proporcionaba algo que hacer, y algo que ansiar en los momentos, cada vez más escasos, de vigilia. Para ser sinceros, los minutos y las horas que pasaba despierta en la residencia de los Scroggins solían arrastrarse como caracoles. De cuando en cuando se levantaba para ir al baño o prepararse un sándwich, y no se encontraba con sus padres casi nunca. Pasó mucho tiempo antes de que estos notaran siquiera que se había rendido y estaba confinada en su camastro. Cuando por fin se percataron del asunto, le quitaron toda la ropa que no eran camisones para llevarla a una tienda de segunda mano.

Una noche, entre sueño y sueño, cuando se encontraba sentada a la mesa de la cocina comiendo un sándwich de mantequilla de cacahuete, examinó distraídamente el montón de facturas pendientes de pago que sus padres tenían siempre por allí. ¡Menuda sorpresa fue descubrir, entre todos aquellos sobres franqueados con estampillas de URGENTE y de ABRIR SIN DEMORA, una carta dirigida a ella! Hope no daba crédito a sus ojos y, a pesar de que oficialmente lo había dejado correr, su corazón empezó a latir como un loco. Era la primera vez que recibía una carta; esta no era voluminosa, pero tenía un aspecto oficial no muy distinto a las muchas que sus padres recibían inmediatamente antes de quedarse sin luz; además llevaba su nombre, el de ella. Y no podía dejar de preguntarse, de esperar, si contendría noticias de Honey. Dejó el sándwich en el plato y se pellizcó una mejilla, solo para asegurarse de que estaba despierta: pues sí, lo estaba. Entonces, jadeando de nervios, abrió el sobre con su dedo índice y sacó de él su primera carta.

En la parte superior de la hoja vio unas letras doradas, BMMM, encerradas en un óvalo negro. Hope se puso de inmediato a pensar en su posible significado: Batatas, Mecanos, Murciélagos y Melones, o tal vez Bóvidos Monstruosos Metiendo Marcha, o acaso Bienvenidos Matojos, Matas y Matorrales. Podría haber seguido haciendo suposiciones muchísimo rato —según su madre, tenía un don especial para perder el tiempo— pero se moría de ganas por saber qué decía la carta, así que siguió leyendo:

A: Hope Scroggins

Asunto: Fluctuación y/o desequilibrio de cuenta

Hope no entendía el significado de fluctuación, en realidad no entendía nada. Lo mismo le sucedió con el resto de la carta, pero parecía ser que sus cuentas estaban hechas un lío y que sobre ella pesaba toda la responsabilidad. Había frases como *en esta época de reforzada seguridad*. Hope se preguntó qué significaría aquello. Decía que hacía referencia al caso número OXJ38HI1498456JUW09. Decía que o tomaba cartas en el asunto o tendría que atenerse a las consecuencias. Decía que estaban deseando ayudarla.

Eso le costaba creérselo.

Firmaba un tal Sterling Prion. Qué clase de nombre era *Sterling Prion*, se preguntó Hope Scroggins.

Dobló la hoja y la devolvió al sobre. Ni una pista, ni un rumor, ni *pizca* de noticias sobre Honey. Sus estrechos hombros se hundieron; ni siquiera entendía la carta ¡y encima el tono era más bien borde! Por si fuera poco, se sentía como si hubiese hecho algo malo, como si estuviese metida en algún lío. ¡Era lo único que le faltaba!

Ay, qué cansada volvía a sentirse; el camastro la llamaba a gritos.

Con la carta en una mano y los restos del sándwich en la otra, se encaminó al garaje, se sentó en el borde del camastro y se acabó su cena. Cuando por fin llegó el momento de dormir metió la carta debajo del colchón. Se dijo que era necesario olvidar sus advertencias y mirar hacia delante, hacia los sueños que la aguardaran, fueran los que fuesen.

Los sueños, por lo menos, eran gratis, y todo lo que tenía que hacer para conseguirlos era dormirse.

LA PELÍCULA QUE EL SUEÑO DE HOPE proyectaba en su cabeza se vio abruptamente interrumpida por un chirrido. Todo estaba oscuro —era noche cerrada, al fin y al cabo— y, además, la niña llevaba su antifaz de dormir de raso rojo. Al echárselo hacia la frente y mirar a su alrededor, vio que alguien había abierto la puerta del garaje: eso la había despertado. Notó que no estaba sola.

—¿Honey? —llamó. Su primera y su mejor esperanza. Y entonces lo vio, era un hombre, encorvado, ancho de hombros, parado en un rincón, entre los escobones y las palas.

Levantándose de golpe del camastro preguntó:

—¿Quién es *usted*?

Ni siquiera pensó en pedir ayuda, porque en casa solo estaban sus padres.

—¿Eres Hope Scroggins?

—S… sí —respondió ella.

El tipo, que tenía un tórax anchísimo, dio un paso hacia adelante y dijo con un gruñido:

—Vale, vamos *pallá*.

Pero al acercarse un poco más, se detuvo bruscamente.

—¡Oh, vaya, una cría! —exclamó—. ¡Y mira, te hacen dormir en el garaje! ¡Qué mal rollo!

Hope se había acostumbrado al garaje; no le importaba.

—¿Qué hace usted aquí? —preguntó.

—Obleratta e Hijos —contestó él, tal vez a modo de presentación—, Recogidas y Entregas.

—¿Y qué tiene que recoger?

—¡*Pos* a ti! —dijo él, pero sonó a *¿Qué iba a ser si no?* El tipo alzó sus gruesas manos y dobló los dedos hacia sí mismo para indicarle que se moviera—: Vamos *pallá*.

—¿Adónde? —preguntó Hope, sorprendida. Nunca iba a ningún sitio, y la idea de ir a alguna parte, a cualquier parte, cosquilleó en su interior como burbujas.

—Al BMMM.

¿BMMM? El recuerdo de las iniciales doradas que flotaban dentro del óvalo negro, le hizo pensar de inmediato en el tono vagamente amenazador de la carta.

—¿Tengo que ir?

—Estás en mi lista de recogidas —respondió el hombre—. Quieren verte, esos.

Pues mira, eso era algo que no le habían dicho nunca: que la querían ver. Aunque se esforzó por sofocarla, su mueca de complacencia terminó aflorando.

—Además no te queda otra —añadió Obleratta, aunque sin acritud.

Una vez aclarada la cosa, Hope no vaciló: metió unos cuantos camisones, la única ropa que tenía, en su mochila y, tras reflexionar unos instantes sobre la conveniencia de dejar o no una nota explicando a sus padres dónde iba, se dio cuenta de que no les iba a interesar ni poco ni mucho. Mientras tanto Obleratta tamborileaba en el banco de trabajo con sus dedos como salchichas.

—Vale —dijo la niña, y siguió al individuo hasta la furgoneta aparcada en la esquina de la calle. A la luz de las farolas, Hope leyó las palabras rotuladas en verde sobre la puerta del vehículo: *Obleratta e Hijos, Especialistas en Recogidas y Entregas*.

Era la primera vez desde que lo había dejado correr que salía de casa: le pareció como si el aire la besara. Una luna inclinada colgaba del cielo. Sus padres nun-

ca le habían advertido que no saliera de casa en plena noche para marcharse en la furgoneta de un extraño, así que todo aquello le resultaba emocionante.

—Ponte el cinturón —dijo Obleratta en cuanto estuvo sentada. Tampoco le habían dicho nunca tal cosa.

Se ajustó el cinturón y partieron.

Tras recorrer una corta distancia, Hope se volvió para echar un vistazo a la ruinosa casucha que sus padres llamaban hogar. Por lo que a ella respectaba, era tan solo el sitio donde vivía Honey, pero como ya no era así, estaba más que dispuesta a abandonarlo.

Durante el trayecto, Hope prestaba atención a todo. Obleratta, por ejemplo: un tipo grueso en todos los sentidos. Cuello grueso, brazos gruesos, hasta orejas gruesas. Se sentaba en el asiento del conductor como si formara un todo con él. Durante unos minutos no dijo palabra, se limitó a conducir hasta que le echó una ojeada, meneó la cabeza y dijo con un tono que parecía casi de disculpa:

—Cuando empecé a trabajar en Recogidas y Entregas solo tenía que llevar cajas, cubos y cosas así. ¡Ahora nos hacen llevar niños! *Pos* no sé. Los chavales, hoy, lo tienen *complicao*.

Hope no respondió. En realidad se sentía de lo más agradecida por el hecho de dejar su casa e irse a otro sitio. ¿Y qué había de malo en irse en una furgoneta, con su asiento tan cómodo y mucho espacio para las piernas por delante? Ahora, para ella, las cosas iban a mejor.

Obleratta puso la radio y preguntó:

—¿Quieres algo?

A Hope nunca le habían preguntado eso. Le pareció una pregunta tan rara que de momento se quedó estupefacta.

—¿Chicle, un refresco, algo?

—¡Oh, sí! —contestó por fin.

Obleratta aparcó junto a un supermercado cercano a la carretera. Hope había ido alguna vez con sus padres y con Honey… ¡Ay, Honey! El corazón le dio un vuelco ante el recuerdo de su hermana: de repente le preocupó muchísimo que Obleratta pudiera marcharse sin ella.

—Sírvete tú misma —le dijo este.

—¿Eh?

—Que pilles lo que quieras —aclaró Obleratta señalándole las estanterías de chuches; él eligió un gran café para llevar y pasó un buen rato echándole azúcar en el dispensador automático. Hope se quedó maravillada al ver la cantidad que cabía en un solo vaso.

Estudió las golosinas que se desplegaban ante ella y terminó por escoger una bolsita de caramelos.

Ya en la furgoneta, mientras se acomodaba en su asiento y sacaba su primer caramelo de menta, le preguntó a Obleratta:

—¿Qué es eso del BMMM?

Obleratta recitó las letras una a una, extendió la mano como si estuviera haciendo autostop y empezó a contar, el primero el pulgar: «Banco»; dedo índice: «de Memoria»; medio: «Máxima»; anular: «del Mundo». Dejó caer nuevamente su mano sobre el volante, se encogió de hombros y dijo de corrido:

—Banco de Memoria Máxima del Mundo.

—Oh —contestó Hope. Sus conocimientos sobre bancos eran muy limitados, ya que sus padres raramente ganaban dinero y no creían en el ahorro, así que preguntó:

—¿Banco de *memoria*? ¿Qué memoria? ¿De quién?

—Es donde se guardan todos los recuerdos —respondió Obleratta encogiéndose de hombros—, los de toda la gente.

Sacudió su cabezota y añadió:

—Menos los rotos, esos van al Vertedero.

—¿Los recuerdos rotos van al Vertedero? —repitió Hope, intentando enterarse de algo.

—¿Dónde si no? —contestó Obleratta—. Esos trajines son los que me dan de comer.

—Ah, claro —dijo la niña, aunque no supiera muy bien de qué estaban hablando.

Tras un momento de silencio preguntó:

—¿Por qué me quieren ver?

Incluso que esas dos palabras, *me* y *quieren*, formaran parte de la misma oración complació a Hope, que no pudo evitar una sonrisilla.

Obleratta se encogió de hombros una vez más y sentenció:

—Yo no hago preguntas. Me limito a recoger y a entregar.

Prosiguieron su avance a través de calles y barrios desiertos. Al cabo de un rato Hope dio unos golpecitos en las iniciales BMMM y preguntó:

—¿Está lejos?

—Al final de esta avenida —contestó él—. Justo a las afueras.

Hope lamentó que el viaje se acabara tan pronto: le gustaba hablar con Obleratta, aprender cosas de los bancos de memoria, estar en la calle a altas horas de la noche, detenerse para comprar café y golosinas. Estaba pasando el mejor rato despierta desde no sabía cuándo. Siguió chupeteando su caramelo, anhelando el próximo tema de conversación. Ni se acordaba ya de cuándo había tenido la última.

No tuvo que esperar mucho antes de que Obleratta hablara de nuevo:

—¿Mi opinión personal? —dijo como si Hope se la hubiera pedido—. Que no deberían meter a los niños.

—¿En el Banco?

—Nooo, en su guerrita de chichinabo.

¿*Guerra*? Hope no sabía nada de ninguna guerra. Naturalmente sus padres no estaban al tanto de la actualidad, y consideraban que la historia eran un montón de patrañas pero, con todo y eso, ¿no tendrían que haber sabido que había una *guerra* en marcha?

Obleratta sorbió su café y añadió:

—Un bando quiere recordar y el otro quiere olvidar, y siempre van a estar a la greña. ¿Por qué meten a los niños en eso?

Miró a Hope y añadió:

—¿Tengo razón?

Hope asintió con la cabeza porque, aunque no entendía nada, quería aportar su granito de arena a la conversación.

—*Pos* no es que me importe la compañía, ¿sabes?

La niña confió en que se refiriera a ella.

—*Nostá* nada mal llevar a alguien en el asiento del pasajero —comentó Obleratta antes de tragar un poco más de café.

Hope sonrió de nuevo.

—Por lo general solo estamos yo y un montón de recuerdos hechos polvo.

—¿Los que lleva al Vertedero?

Obleratta asintió en silencio.

—¿Y dónde están sus hijos? —preguntó Hope, que recordaba cómo se había presentado y el rótulo de la furgoneta, Obleratta e Hijos.

Él se encogió de hombros y contestó:

—Bueno, mira, te voy a decir la *verdá*. No hay hijos, es que me gustaba la idea. ¿Captas? *E Hijos*. Suena bien, ¿que no?

—Sí —contestó Hope. Le parecía que sonaba muy bien, desde luego.

—Y siempre me moló el asunto ese de la E antes de la I, fíjate. Es lo correto, te lo digo yo; así que fui y me lo rotularon. Oye, un tío tiene que tener sus sueños, ¿que no?

—¡Oh, sí! —convino Hope, entusiasmada. Le sorprendió y le encantó que alguien compartiera su pasión por los sueños, pero aún le sorprendió más que un adulto soñara con tener hijos.

Obleratta redujo la velocidad según se aproximaban al último edificio de la avenida; las luces de los pisos superiores estaban encendidas. Lo rodeó y descendió por una rampa.

—Aquí estamos —dijo acercándose a una cinta transportadora elevada que salía del edificio. Puso la furgoneta en punto muerto y, volviéndose hacia Hope, le demostró con una gran sonrisa que había estado muy a gusto con ella.

Luego salió del vehículo y se dirigió hacia el lado de Hope para ayudarla a bajar:

—Venga, que te ayudo —le dijo y, levantándola a pulso, la dejó en la cinta transportadora como si tal cosa. La niña pensó que hacía muy bien su trabajo, que era un... *especialista*, como decía el rótulo de su furgoneta.

Obleratta entonces se acercó a la pared y tiró de una palanca negra que arrancaba el mecanismo: Hope empezó a aproximarse lentamente al edificio, transportada por la cinta.

—¡Buena suerte! —le gritó él—. ¡Espero que te vaya de cine!

—¡Gracias por todo! —contestó Hope a voces mientras la cinta avanzaba; disfrutaba del trayecto y estaba encantada de llegar a un sitio nuevo. Levantó la mano en un amistoso gesto de despedida.

De repente, aquel sencillo gesto le recordó otra mano, la de Honey, diciéndole adiós desde una nube de polvo; y, una vez más, se le encogió el corazón.

¡Oh, Honey! ¿Dónde estás?

HOPE SIGUIÓ AVANZANDO en la cinta transportadora, acercándose a una ventana flanqueada por columnas, con las siglas del Banco en el dintel y cubierta por ondulantes tiras de goma negra. Se dio ánimos antes de pasar al otro lado, y todavía estaba de pie cuando se adentró en la Sala de Recepción del BMMM.

La cinta, que solo entraba un par de metros en el edificio, se detuvo de golpe, y Hope, ligera como una pluma, salió volando (aunque era cierto que la delgadez le venía de familia, no lo era menos que le daban mal de comer) y aterrizó a los pies de un hombre alto vestido con traje.

Al dar un paso atrás, reparó en que aquel no era el único ocupante de la sala. Había otros adultos de pie junto a las paredes, unos guardias de seguridad cerca de la cinta trasportadora y algunos más detrás de las cristaleras del piso superior. Todos la observaban y todos parecían consternados.

Los guardias dieron un paso hacia ella, pero el tipo del traje levantó una mano y se detuvieron. Inclinándose un poco hacia la niña, el hombre le preguntó con la mayor cortesía:

—Bien, ¿en qué podemos ayudarla?

Era una pregunta tan inesperada —¿*ayudarme*?— que Hope se acordó de sus padres riéndose ante la sola idea de que alguien estuviera dispuesto a hacerlo. Ayudarla. Como si tal cosa. Ese señor tan serio no podía hablar en serio.

—Soy Hope Scroggins —farfulló.

El tipo alto enlazó los dedos y dijo:

—Ummm.

Luego se volvió y, levantando la barbilla con gesto imperativo, indicó a los mirones que se largaran. Todos retrocedieron, todos salvo los guardias.

Entonces apareció a toda prisa una mujer que, con revoloteo de derviche, gritó:

—¡*Yo* me encargo de esto, Sterling!

¡Sterling! Aquel nombre le sonaba.

—Esto es una cuestión de sueños —declaró la mujer con una voz que parecía música.

Iba vestida con ropajes vaporosos y multicolores: cuando se acercó para presentarse estuvo a punto de envolver a Hope en gasas polícromas.

—Violette Mumm —arrulló—. Guardiana de la Cámara de los Sueños. Dulces sueños y encantada de conocerte. Por cierto, *adorable* camisón.

Hope no supo qué contestar. Nunca había recibido ningún halago.

El hombre alto fue el siguiente en presentarse:

—Sterling Prion —dijo con voz profunda y resonante.

—Discúlpanos por la frialdad del recibimiento —continuó Violette—. Es que todos esperábamos...

—Un *adulto* —terminó Sterling. Sus palabras sonaron como si tuvieran peso.

El rostro de Violette se iluminó súbitamente con una sonrisa.

—¡Y vaya que nos has sorprendido! ¡Ja! ¡Y bien raro que es eso en nuestras monótonas vidas diarias! Tenemos que darte las gracias por ello. Y ahora acompáñame, estoy *segura* de que deseas descansar —dijo, echando su largo brazo cubierto por una manga en forma de ala sobre los frágiles hombros de Hope y conduciéndola hacia la escalera.

Caminando junto a Violette, Hope se sentía en el séptimo cielo.

Sterling fue detrás, rezumando agitación.

—Violette, no es una cuestión de sueños. Ha sido citada a causa de un problema con su cuenta, a causa de la disminución de sus ingresos de recuerdos.

Violette siguió avanzando como si el otro no hubiera abierto la boca.

—¡Por no hablar del asunto de la seguridad! No podemos dedicarnos a meter desconocidos en la Cámara en estos tiempos en que tanto el Banco como el Vertedero están sitiados por los sabotajes y el vandalismo.

«¿Hablará de la Guerra?», se preguntó Hope. ¿Habría una guerra de verdad? La niña encontró la idea extrañamente estimulante.

Violette se dio la vuelta como si fuera el viento mismo.

—¡Hope es una niña, Sterling! —protestó—. ¡Imagino que eso cuenta algo en términos de supuesta inocencia! ¿Y tengo que recordarte que es una soñadora *campeona*? ¡Hace siglos que no veíamos soñar así! Tú y tus «problemas con su cuenta» me importan un rábano; y tampoco es asunto mío que determinada gente se comporte fatal en el mundo de la vigilia. ¡La realidad sigue siendo que Hope Scroggins es una soñadora y que tiene que estar conmigo! ¡En la Cámara!

A Hope le daba vueltas la cabeza: ¿*Campeona*? ¿*Estar conmigo*? ¿*En la Cámara*? Sintió un impulso casi irresistible de pellizcarse porque ¿cómo no iba a ser aquello un sueño?, pero se pensó dos veces lo de hacer un movimiento brusco; los guardias de seguridad parecían dispuestos a saltar sobre ella a la mínima.

Sterling y Violette se quedaron mirándose a la cara en silencio durante un momento interminable pero, por fin, Sterling asintió:

—Está bien. Llévate a la Cámara a la señorita Scroggins; yo dispondré allí la entrevista dentro de un rato.

Dicho esto, hasta le hizo a Hope una pequeña reverencia; la niña, deseosa de causar buena impresión, respondió con otra.

Violette la tomó de la mano: incluso en circunstancias tan extrañas y tan poco familiares, Hope notó cuán tibia y tierna resultaba aquella mano, y cómo le gustaba dársela. Siguió su paso sin dificultad; salieron juntas de la Sala de Recepción e iniciaron el ascenso de la escalera. Cuando esta llegaba a su fin Hope oyó lo que le pareció una cascada o una lluvia muy fuerte sobre un tejado metálico, un ruido tremendo, apabullante. Y entonces entraron en el Vestíbulo.

La inmensidad del lugar la dejó atónita. Ni en un millón de años hubiera podido adivinar desde fuera lo que contenía el interior.

Contempló petrificada un embudo gigante, algo así como una bellota descomunal puesta del revés, que colgaba del remoto techo. El ruido era tal que tuvo la impresión de que sus dientes vibraban al unísono. Algo, no distinguía exactamente qué, salía torrencialmente de la bellota para precipitarse sobre una bella e intrincada estructura que le recordó una fantasiosa tarta de boda de muchos pisos. O quizá la torre inclinada de Pisa. Se preguntó ¡qué sería aquello!

Cuando se adentraron en el vasto espacio, Violette se inclinó hacia ella y le dijo:

—El Vestíbulo de los Recuerdos. Un poco pagado de sí, ¿no te parece?

A Hope solo le parecía maravilloso.

Violette la condujo hacia el lado izquierdo del Vestíbulo. Unos individuos cubiertos por salacots, que montaban bicis provistas de cestas, pasaban de un lado para otro. Algunos hacían sonar los timbres a guisa de saludo.

—Los Ciclistas —dijo la Guardiana—; se encargan de llevar los recuerdos cotidianos, los normales y corrientes, al Laberinto.

Hope tomó nota: recuerdos cotidianos; al Laberinto, fuera lo que fuese.

Violette apretó la mano de la niña y caminó más deprisa; pasaron a toda velocidad frente a enormes puertas de casi cuatro metros de altura y medio metro de grosor provistas de grandes volantes de bronce en lugar de manillas, como si las salas que quedaban tras ellas pudieran timonearse.

Hope pudo ver por fin el fondo del Vestíbulo de los Recuerdos; contenía montones y montones de muebles de madera pulida repletos de cajoncitos que conformaban un auténtico… ¡Laberinto!

Hubiera querido ver más, absorber todo lo posible, pero Violette la llevó a toda prisa hasta la última puerta de la izquierda. Allí giró el pesado volante de bronce con facilidad y gracia y empujó la puerta para que se abriera. Entonces, extendiendo el brazo en un elegante gesto de invitación, le dijo:

—¡Bienvenida al lugar de tus sueños!

Hope miró a Violette; volvió luego la vista al Vestíbulo de los Recuerdos y, por último, dirigió la mirada hacia la puerta abierta. Eran un montón de cosas que asimilar, y sintió la repentina necesidad de asegurarse de que no estaba soñando, así que se propinó un buen pellizco antes de cruzar el umbral.

Al entrar en la Cámara de los Sueños se encontró de nuevo en otro mundo, ¡distinto a cualquier cosa que hubiera visto antes, incluyendo el Vestíbulo! Estaba claro que Violette lo había decorado personalmente sin escatimar cortinajes, colgaduras, colchas ni cojines, presentes por arrobas en toda clase de texturas y colores. Por todas partes —en el centro de la sala, en rincones y recovecos, siguiendo la pared circular— había lugares donde tumbarse: camas turcas, camas con dosel, literas, camastros, hamacas, divanes, colchonetas... Vio también unos cuantos coches cama estacionados sobre la vía de tren que recorría la pared a media altura. Allí dónde dirigiera la vista, Hope encontraba un lugar con algo blando encima sobre lo que estirarse y descansar. Recordó el sitio que le habían asignado en el garaje y, por primera vez, se dio cuenta de lo cochambroso que era.

—Pon los pies en alto —urgió Violette tan pronto como hubo cerrado la puerta tras ellas.

El ruido del Vestíbulo de los Recuerdos desapareció completamente y fue sustituido por canciones de cuna que parecían venir de todas partes. La iluminación era suave.

—¿Té de menta? —preguntó la Guardiana acercándose, entre frufrús de ropajes, a una bandeja ya preparada—. Un soporífero delicioso, ¿no te parece? —añadió tendiendo una taza de porcelana con su platito a Hope, que se había sentado en un mullido diván—. Qué delicia contar con otra soñadora como yo. Los recuerdos tienden a llevarse toda la atención por estos pagos, ¡pero *nosotras* sabemos que no tienen ni punto de comparación con los sueños! Hablando de lo cual, estarás deseando... —Violette bajó las luces un poco más—... rendirte, como yo digo. Entregarte al sueño. Y a los sueños.

La animó para que durmiese tanto y hasta tan tarde como quisiera:

—Jamás toleraría despertadores ni alarmas ni nada parecido.

Estaba claro que hasta la idea de estos artefactos le resultaba ofensiva.

Hope, que no era ajena a la fascinación de dormir ni de los sueños, se tendió de espaldas y cerró los ojos, pero había sido una noche extraña, llena de novedades, y una avalancha de pensamientos y de preguntas se precipitó sobre su mente: dormir parecía casi impensable. De cuando en cuando echaba rápidos vistazos a su alrededor para asegurarse de que estaba realmente donde estaba, en la Cámara de los Sueños del Banco de Memoria Máxima del Mundo (su mente le mostró la placentera imagen de los dedos de Obleratta extendiéndose uno a uno para enumerar cada palabra), y no en el garaje de casa, ni ya soñando. Cada vez que abría los ojos veía a Violette revoloteando por allí, con la gracia de una mariposa. Por fin se le cerraron del todo y empezó a deslizarse hacia el sueño. Lo último que oyó fue a la Guardiana hablando en susurros con alguien que había entrado en la Cámara:

—Ahora no, Sterling —decía—. ¿No ves que estamos trabajando?

A pesar de todas las distracciones, vaya si Hope durmió aquella noche. Y soñó.

¡HONEY!

Hope se incorporó en la cama como si tuviera varios muelles poderosísimos en la cintura, con el nombre de su hermana retumbando en la cabeza. Pero tan pronto como la despertó, el sueño se esfumó ahuyentado por el lugar donde se hallaba. *¿Dónde* estaba? Oh, sí, ahora lo recordaba: en la Cámara de los Sueños del BMMM. Allí, algo más lejos, estaba Violette, Violette Mumm. Todo volvía a ella, y no era un sueño. Su desbocado corazón fue recuperando el ritmo normal al mismo tiempo que el sueño huía para no volver.

Violette estaba sentada a su mesa, cerrando una bolsita con una cinta.

—Hola —dijo Hope.

La Guardiana se giró en su asiento y contestó:

—¡Oh, buenos días, querida! La noche pasada estuviste brillante. ¡Bravo! ¡Bien hecho!

Era la primera vez en su vida que a Hope le decían que había hecho algo bien, y no solo bien sino brillantemente:

—¿De verdad? —preguntó.

—Desde luego. Creo que eres un prodigio.

Hope no estaba segura, pero aquello le sonó a elogio, así que aventuró un:

—Gracias.

—¡Estás amasando una fortuna! —exclamó Violette—. Bueno, déjame que te quite esas bolsas REM de en medio —añadió y, acercándose a Hope, empezó a recoger las bolsitas de cuero del diván.

—¿Qué son?

Violette, sorprendida por la pregunta, respondió:

—¡Tus sueños, naturalmente!

—¿Esos son mis *sueños*?

Era difícil de creer. Se propinó otro pellizco.

—¿Qué otra cosa iban a ser? —dijo Violette mientras llevaba el último lote a su mesa—. ¿Qué crees que almacenamos aquí, en la Cámara de los Sueños? ¿Dinero contante y *soñante*? —añadió con una risita.

¡Sus sueños! Hope no podía creérselo, ahí mismo, frente a ella, embutidos en bolsitas.

La Guardiana levantó con elegancia un brazo hacia la ciclópea cúpula del techo y añadió:

—Que pronto se unirán a todos los sueños jamás soñados, todos y cada uno perfectas obras de arte.

Hope echó la cabeza hacia atrás y miró hacia arriba, y más arriba, y más arriba aún.

Se dio cuenta, entonces, de que el techo estaba atestado de millones de bolsitas.

—*Todos* los sueños —dijo, incrédula.

—Oh, sí, querida —respondió Violette—. Puedes estar tranquila a ese respecto: no hay sueño que se pierda o se traspapele.

—Obleratta no me dijo que guardaban sueños —comentó Hope—. Dijo que era un banco de recuerdos.

—Los recuerdos son únicamente la punta del iceberg; los sueños son el activo más valioso del Banco.

—¿Y las pesadillas qué?

—Nuestra colección lo incluye todo.

—¿Nada de Vertedero? ¿Como para los recuerdos?

Violette meneó la cabeza y respondió:

—¡*Todo* recuerdo es sospechoso por lo que a mí respecta! Algunos se graban más profundamente que otros en la memoria, ¡pero la distorsión es inevitable! En cualquier caso, no hacemos esas distinciones tan arbitrarias cuando se trata de sueños. ¡En los sueños, todo vale! —anunció orgullosamente.

—Pero ¿cómo se hacen con ellos? —preguntó Hope. Eran tantas las cosas que deseaba saber...

El rostro de Violette se contrajo un poco.

—Oh, en el exterior los recolectores móviles se encargan de esa tarea. Aquí dentro nos limitamos a utilizar el recolector portátil monitorizado —dijo, señalando vagamente el aparato situado junto al diván de Hope—. En mi opinión, la tecnología es la parte menos interesante.

Pero Hope estaba fascinada. Se acercó a la pantalla con marco dorado que parecía pulsar y preguntó:

—¿Pueden *verse* los sueños? ¿Puedo ver *los míos*?

La repentina posibilidad de ver a Honey, aunque fuera en una pantalla, la galvanizó.

Violette le sonrió y dijo:

—Me temo que no. Nosotros solo comprobamos que estén grabados. Jamás los vemos por diversión, nunca en plan de mirones y nunca para juzgar. El Código de Honor del BMMM es muy estricto.

—Oh —respondió Hope bajito.

—Pero tú conservas, naturalmente, tanto de tus sueños como recuerdes. ¡Y tienes la libertad de contarlos, y de averiguar lo que ellos tengan que contarte!

Por lo que a mí respecta, debo decir que me *encanta* una buena interpretación de los sueños —dijo Violette instalándose en una tumbona situada enfrente de Hope—. Adelante —apremió.

La niña tragó saliva. Quería contar su sueño —después de todo, nadie le había pedido nunca que contara nada— pero reparó en que la mayor parte de los detalles se había desvanecido; todo lo que quedaba era la esencia.

—Honey —dijo, ese hermoso nombre.

Violette asintió apreciativamente.

—Mi hermana —añadió, aunque sentía que, por dentro, se le partía un poco más el corazón.

—Los parientes son un fértil humus para los sueños. ¿La quieres mucho?

—¡Oh, *sí*! ¡Mucho! —y, con voz entrecortada, espetó—: ¡Pero ha desaparecido!

—¿Desaparecido?

—Se ha perdido —contestó, y sintió que sus palabras caían sobre ella como piedrecillas hirientes. Se acordó de la manita de Honey diciéndole adiós, y no se trataba de ninguna pesadilla—. En la vida real.

—¡Por favor! ¡Qué barbaridad! —exclamó Violette y extendió la mano para estrechar la de Hope—. ¡No me extraña que sueñes como sueñas!

Hope tragó saliva y trató de no echarse a llorar.

—¡Sueñas con tal vehemencia porque intentas encontrar el modo de volver con ella!

Hope abrió mucho los ojos y preguntó:

—¿Hago eso?

Y entonces, enderezándose, añadió con el corazón saltándole en el pecho:

—¿Es posible? *¿Hay* algún modo de volver con ella?

—Pequeña, de eso no me cabe la menor duda —respondió Violette—. Y tus sueños marcan el camino.

—¿De verdad? —dijo Hope, permitiéndose un atisbo de esperanza.

¡Oh, Honey, hay un camino!

—¡ES MI TURNO, VIOLETTE! —La grave voz de Sterling retumbó por toda la Cámara.

Hope se sobresaltó. La conversación con Violette la había dejado flotando en las nubes. Sin embargo, en cuanto vio acercarse a Sterling, la postura impecable, el traje sin una arruga, tuvo la sensación de que iba a tomar tierra de golpe.

—Hola, señorita Scroggins —dijo él, inclinándose levemente—. Espero que haya dormido bien.

Hope se las apañó para asentir.

—Espléndido. En tal caso haga el favor de acompañarme. Hemos de hablar del estado de su cuenta.

—¿Mi cuenta? —repitió Hope con la boca súbitamente seca. Todo lo que decía aquel hombre sonaba demasiado adulto, demasiado serio.

—Su cuenta de recuerdos, la cual, a diferencia de su cuenta de sueños, lleva mucho tiempo sin recibir imposición alguna.

—¿Ah, no? —preguntó muy bajito, sintiéndolo a pesar de no entenderlo. Miró hacia las bolsitas de sus sueños. Violette le había dicho que con ellos estaba amasando una fortuna, que ellos la llevarían hasta Honey, pero para Sterling significaban más bien poco.

—Acompáñeme, pues —dijo él y la condujo hacia la puerta. Violette fue tras ellos.

El Vestíbulo de los Recuerdos los recibió con un rugido infernal. Del embudo gigante seguía precipitándose la interminable cascada.

—¡Mira que arma barullo el Receptor este! —se quejó Violette mientras se tapaba los oídos con las manos.

Por mucho que Hope apreciara la quietud de la Cámara, no podían dejar de gustarle la vitalidad y la energía del Receptor. Estiró el cuello y entrecerró los ojos para distinguir lo que disparaba por la abertura.

—¡Canicas! —exclamó.

Sterling se volvió y le echó una mirada de reproche.

—El Receptor de Recuerdos recibe los *lobuglobos* entrantes —dijo, corrigiéndola con cada palabra—. Se suelen confundir con canicas, pero no son canicas. Son lobuglobos. O, vulgarmente hablando, recuerdos.

Violette dio unos cuantos manotazos al aire, como si delante de su cara hubiera aparecido un enjambre de mosquitos.

¿Lo que Hope veía eran *recuerdos*? Miró asombrada la avalancha de bolitas de cristal que salía a borbotones de la gigantesca máquina. Pues parecían canicas.

Un Ciclista pasó por su lado, tocando el timbre a modo de saludo, y se adentró en el Laberinto. Hope recordó las palabras de Violette: los Ciclistas se encargaban de llevar al Laberinto los recuerdos cotidianos. Hasta se acordaba de cómo los había llamado: normales y corrientes.

Sterling se aclaró la garganta y se dirigió a una altísima escalera de caracol. Al mirar hacia arriba, Hope vio que desembocaba en una galería con un gran puerta enrejada, situada justo sobre la Cámara de los Sueños.

—Por favor —dijo el hombre—, acompáñeme a Recuerdos Imperecederos.

La niña le siguió con diligencia, como si la entrevista que se avecinaba no la pusiera más nerviosa que ascender a los mismísimos cielos.

Al llegar por fin a la puerta de hierro forjado, Sterling se volvió para recalcar su intención de hablar con ella a solas:

—Ya has tenido tu oportunidad, Violette. Recuerdos debe llevar a cabo su propia investigación y, por supuesto, debe hacerlo en privado.

Las mejillas de la Guardiana enrojecieron mientras se volvía para marcharse.

—Mándamela en cuanto acabes —exigió—. Es una soñadora, ¡su sitio está en la Cámara!

A pesar de los nervios, a Hope le gustó aquello de tener un sitio en alguna parte. Donde fuera.

Sterling abrió la puerta y Hope cruzó el umbral. La estancia era, otra vez, increíblemente grande. Al fondo había una pared descomunal cubierta de brillantes cajas plateadas: un millón de ellas, según le pareció a Hope, centelleando bajo la luz que entraba a raudales por la inmensa claraboya del techo. ¡La vista deslumbraba!

—Bienvenida al lugar donde reposan los recuerdos imperecederos —dijo Sterling—, aquellos que causan la impresión más profunda, lobuglobos tan sólidos que son capaces de resistir la llamada del olvido. Yo tengo el privilegio de ser su conservador, y de supervisar el mantenimiento y la protección de las cajas de seguridad que ve ante usted.

—¡Hala! —exclamó Hope, muy impresionada. La pared de cajas era imponente; a su modo, tanto como la cúpula llena de sueños de la Cámara.

—¿Seguimos? —propuso Sterling, conduciéndola al interior de la gigantesca sala.

Tuvieron que caminar un buen rato para llegar al escritorio cubierto de mármol situado al fondo. Sterling tomó asiento detrás del mismo y ofreció a Hope la silla de respaldo recto colocada delante. La entrevista dio comienzo:

—Si mal no recuerdo —dijo el hombre—, le notificamos por carta las irregularidades de su cuenta.

—Sí —convino Hope. La carta. Pues la cosa no empezaba tan mal.

—Pero dado que no hubo mejoras (ni un solo ingreso en su cuenta de recuerdos, pese a que su cuenta de sueños no dejaba de *engordar*) y que en la actualidad estamos inmersos en una situación muy delicada, nos hemos visto obligados a traerla ante nosotros. Aunque, la verdad, no teníamos la menor idea sobre su… en fin, su condición.

¿*Condición*? Hope abrió mucho los ojos.

—Usted es una *niña* —dijo Sterling con tono de sentirlo en el alma.

—Ah, ya —contestó Hope. A sus padres tampoco les gustaban los niños.

—En cualquier caso, ya que está aquí, hay ciertos asuntos que precisan aclaración. Es imprescindible que investiguemos las anormalidades una por una.

A Hope le sonaba que ya la habían llamado así: anormal.

—Sobre todo ahora, con la terrible amenaza que se cierne sobre nosotros.

—¿La Guerra? —aventuró Hope. Menos mal que Obleratta la había puesto al día.

—Exacto —contestó Sterling—. Con episodios casi diarios de vandalismo y sabotaje. Debemos ser extremadamente cuidadosos. Créame, no es cosa de risa —puntualizó, aunque no había nadie por allí que se riera—. Confío en que se hará cargo de nuestra situación.

Hope se alegró de que confiara.

—Y por desgracia, la drástica disminución de su saldo de recuerdos sumada al rápido incremento de sus sueños encaja en el perfil de la metomentodo BBCN. ¡Y eso no se puede ni se debe tolerar!

—¡No, señor! —exclamó Hope.

—Bien, en tal caso, ¿qué puede decirme sobre su falta de ingresos de los últimos meses? ¿Han alterado de algún modo sus recuerdos? ¿La ha abordado algún personaje sospechoso con la intención de destruirlos o de borrarlos?

Antes de que Hope pudiera abrir la boca, Sterling siguió diciendo:

—¿Tiene o ha tenido algún tipo de relación con la BBCN?

¿BBCN? Hope reflexionó a todo correr. Banca de Berzas y Coles y Nabos. Bolsa de Bollos Con Nata. Bando de Bolos y Cazos y...

—¿Y bien?

—Creo... creo que no —contestó por fin—. ¿Qué quiere decir? —preguntó con vocecita de pito—. ¿BBCN?

Sterling abrió unos ojos como platos.

—¿No ha oído usted hablar de la BBCN? ¿No sabe nada de la Banda del Borrón y Cuenta Nueva?

Hope movió la cabeza a izquierda y derecha.

Sterling la movió de arriba abajo.

—La BBCN —dijo con expresión tétrica— es un ejército creciente de avezados, avispados y despiadados saboteadores, cuyo cabecilla responde al nombre de Tabla Rasa ¡y cuya dedicación exclusiva consiste en erradicar la historia! No respetan nada. Se mofan de las evocaciones del pasado, hacen estragos en el BMMM, irrumpen ilegalmente en el Vertedero. ¡Hemos recibido partes de fogatas! ¡De explosiones de lobuglobos! —Sterling se estremeció solo de pensarlo—. Hágame caso, esta galopante falta de respeto por los recuerdos no augura nada bueno. Lo único que pretenden es borrarlos, ¡pero las fuerzas de la memoria saldrán victoriosas!

A pesar de la pasión que Sterling había puesto en sus palabras, Hope seguía sin enterarse de qué estaban hablando ni de qué tenía ella que ver con aquel lío.

—¿Cómo es posible que no sepa nada de la BBCN? ¿Vive usted en una *cueva*? —preguntó el hombre, en un fallido intento de aligerar la conversación.

—En un garaje —precisó Hope.

Sterling guardó silencio un momento y luego sacudió con rapidez la cabeza. Miró a la niña en camisón sentada frente a él, y por primera vez pareció darse cuenta de lo pequeña que era.

—Bueno —dijo—, en cualquier caso ya lo sabe: la BBCN es una amenaza para la sociedad. —Volvió a estremecerse levemente—. Así que debo preguntarle una cosa: si es cierto que no tiene ningún tipo de relación con ellos, ¿cómo justifica la caída en picado de sus ingresos de recuerdos? Es evidente que no se debe a la edad.

Sonrió a Hope, le sonrió de verdad, tanto que la niña se fijó hasta en lo limpios que tenía los dientes.

De pronto, la respuesta le salió de corrido:

—Mis padres me dijeron que lo hiciera, me dijeron que olvidara.

Sterling ladeó la cabeza y se inclinó sobre el vade de piel de su escritorio.

—¿Que olvidara qué?

—A mi hermana. A Honey. —Como siempre, las palabras le produjeron una punzada de dolor.

Sterling arqueó las cejas de golpe.

—¿Qué olvidara a su hermana? ¿Y por qué?

—Porque ellos lo hicieron, pero yo no, ni hablar. —Y se apresuró a añadir—: Yo nunca la olvidaré. —Tragó con dificultad—. Lo único que he hecho desde entonces es dormir, ¡de verdad!, y soñar.

Al decirlo recordó las bellas palabras de Violette, recordó que sus sueños la conducirían hasta Honey.

—Ya... —dijo Sterling tamborileando con los dedos sobre su mejilla. Había sacado del vade un folio lleno de filas y columnas de cifras y lo estaba estudiando.

—El extracto diario demuestra que en el breve lapso transcurrido desde su recogida, sus ingresos de recuerdos han aumentado. Sigue habiendo un déficit, pero veo signos de recuperación, y las cifras confirman su historia.

¿*Su historia*? Hope nunca había considerado que su vida fuese una historia.

—Mucho me temo que hayamos puesto demasiado celo en nuestro trabajo, señorita Scroggins. Su cuenta es deficitaria debido a causas naturales: incremento de las horas de sueño, decrecimiento de su grado de participación en la vida real, generadora de recuerdos y *no*, como nos temíamos, a la intromisión de la BBCN.

Abrió el cajón del escritorio.

—Escribiré un informe al efecto y la devolveremos a casa antes incluso de que eche de menos a sus padres.

Hope sintió un escalofrío. No los echaba de menos, los echaba de más. ¡No quería volver con ellos!

—¿Tengo que hacerlo? —preguntó.

—¿Hacer qué?

—Volver a casa.

—Oh, vamos.

—¡Por favor, deje que me quede! —rogó. ¡Tenía sueños por soñar! ¡Tenía que encontrar a Honey!

—Pero sus padres se preocuparán...

—¿Por qué?

—Pues por qué va a ser, ¡por usted!

Hope no pudo evitarlo: puso los ojos en blanco. Recordó a Honey agitando la mano en la nube de polvo, el colchón tirado a la basura, la terrible palabra: «Olvídala».

—Seguro que se han cambiado de casa —dijo.

Sterling alzó una mano. Parecía afligido.

—Señorita Scroggins, los empleados del Banco tienen prohibido inmiscuirse en las vidas de sus clientes. Además, yo no soy un especialista en comportamiento parental.

Hope tuvo un breve y cariñoso recuerdo para Obleratta. ¡Ese sí que era un especialista!

—¿Pero me puedo quedar? —insistió—. ¿Por favor, por favor, por favor?

Sus súplicas le recordaron las que había dirigido a sus padres, ¡para volver, para buscar a Honey! ¿Y de qué le habían servido?

Sterling no contestó y Hope supuso lo peor.

Entonces el hombre carraspeó y, por un instante, dio la impresión de que su rostro se dulcificara.

—Bien —dijo—, teniendo en cuenta sus deseos y el hecho de que sus cuentas están aún por cuadrar, su estancia puede prolongarse un poco... con ciertas condiciones.

Hope jadeó de alegría.

—Llamaré a Helen, de Nuevas Cuentas, para que nos ayude. A ella parecen gustarle los que son... como usted.

—Los niños.

—Exactamente.

—¿Entonces me puedo quedar? —el corazón de Hope remontaba el vuelo.

—Siempre que continúe progresando y que la BBCN no intensifique su catastrófica escalada. Espero ver ingresos en su cuenta de recuerdos con regularidad, y eso implica que debe usted fijarse en todo, absorber cosas de aquí y de allá, asimilar todo lo necesario para crear recuerdos nuevos. ¡Sea útil! ¡Conviértase en una persona de provecho! ¡Deje ya de dormir a todas horas!

—Sí, sí —prometió Hope—, seré útil… y recordaré… ¡y soñaré!

—De acuerdo, entonces —concluyó Sterling—. Llamaré a un Ciclista para que la lleve a Nuevas Cuentas. La acompañaría yo mismo, pero tengo que ocuparme de asuntos muy serios.

—Oh, sí, sí, muchas gracias por todo.

Hope ya se escabullía hacia la puerta.

—No lo olvide, ¡permanezca alerta y vigilante!

—¡Hecho! —contestó Hope—. ¡Alerta y vigilante!

—¡La BBCN! —clamó él—. ¡Está ahí fuera y es peligrosa! ¡Si nos descuidamos, acabará con todos nosotros!

¡Recuerde! ¡La peligrosa Banda del Borrón y Cuenta Nueva!

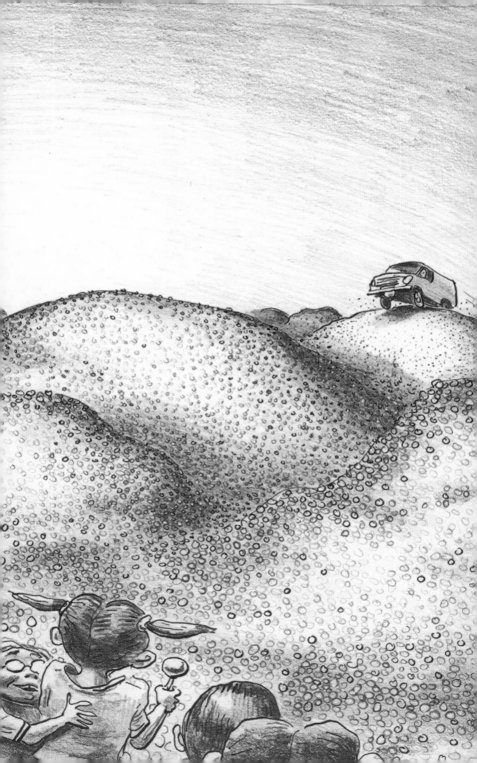

HOPE INTENTÓ PERMANECER ALERTA Y VIGILANTE, pero la BBCN se le fue de la cabeza en cuanto empezó a recorrer el Vestíbulo en la rápida bici del Ciclista. ¡Qué sitio más vivo y más interesante! Observó la interminable avalancha de canicas, de recuerdos, de «lobuglobos», eso, que salía por la boca del gigantesco Receptor. El ruido era tremebundo.

Había mujeres junto al foso donde se precipitaban los lobuglobos, inclinadas ante el diluvio, metidas hasta los codos entre recuerdos. Algunas la saludaban al verla pasar; una levantó el pulgar a guisa de saludo y gritó:

—¡Pásate a vernos!

Otros Ciclistas tocaban el timbre para darle la bienvenida. ¡Hope no se podía creer lo amable que era todo el mundo!

Su Ciclista la llevó hasta la pared opuesta del Vestíbulo, donde una mujer bajita y rechoncha, de cabellos blancos recogidos en un moño bajo y algo suelto, esperaba junto a una de las altas puertas.

—Yo soy Helen —se presentó, tendiéndole la mano para que desmontara. En cuanto lo hizo, la mujer la sorprendió con un abrazo—. ¡Una niña de verdad entre nosotros! —proclamó, como si aquello solo pudiera ser bueno. A Hope le causó tanta impresión que alguien se alegrara de verla que sintió un cosquilleo por todo el cuerpo.

Helen la hizo pasar a una habitación amplia y soleada.

—Bienvenida a Nuevas Cuentas —dijo— o, como vulgarmente se dice, la Guardería. Aquí recibimos y guardamos los primeros recuerdos, que son, sin duda, el principio de todo.

Invitó a Hope a sentarse (en una silla adecuada a su tamaño) y le sirvió de inmediato leche con cacao. Además, había preparado una bandeja de sándwiches sin corteza. Era la primera vez que Hope comía un pan que no estuviera duro, y le pareció maravilloso. Aquella sala empapada de luz le hizo sentirse como en casa, pero una casa completamente distinta a la suya. Lo único que faltaba era Honey. ¡Si estuviera allí con ella comiendo sándwiches sin corteza y poniéndose un bigote de cacao…!

En lo alto, los pájaros revoloteaban de percha en percha.

—¿Te apetece dar una vuelta? —preguntó Helen, cuando los sándwiches desaparecieron.

¡Claro que sí! Hope sentía especial curiosidad por los artefactos que runruneaban en la pared del fondo.

A diferencia de Violette, Helen disfrutaba hablando de su equipo. Condujo a Hope hasta una mesa corrida para enseñarle con orgullo los destiladores. Incluso señaló con un puntero los mecanismos que los componían. Helen era una enfermera pediátrica jubilada, pero también tenía algo de maestra de escuela. Hope prestó mucha atención, ansiosa por recordarlo todo.

Cada receptor operaba dentro de una campana de vidrio, zumbando bajito mientras buscaba los primeros recuerdos grabados en la memoria, lo que Helen llamaba «memis». Según dijo, se captaban mediante unos minireceptores ultrasensitivos capaces de detectarlos y transmitirlos ¡en un radio de 2 500 kilómetros!

Hope no sabía lo que era un radio pero, como supuso que era muchísima distancia, asintió apreciativamente.

—Una vez recibido, el memi se liga con apresto y se tamiza hasta que los más diminutos y más delicados zarcillos brotan y caen al plato de esteatita. Habré visto un millón de eclosiones, pero todas siguen impresionándome: ¡son milagrosas!

Poco después Hope presenció una, ¡y, desde luego, fue milagrosa! ¡Algo salía de la nada! Era un poco parecido a contemplar el amanecer o la aparición de la niebla. ¡Era una visión! Por un instante no pudo creer que aquella cosita frágil y delicada, no más que un nudo de pelo o una pelusa de polvo, pudiera contener un recuerdo auténtico, el primer recuerdo.

—Todo lo grande empieza siendo pequeño —le recordó Helen.

A Hope le gustó escucharlo, porque también ella era pequeña.

—Y lo horrible, no te digo que no —añadió la mujer—, pero el caso es que todo empieza por algo. Siempre hay un principio: el primer paso, la primera palabra, la primera decepción. Lo que estás viendo es un primer recuerdo. Bienvenida al principio.

A Hope nunca se le había ocurrido que pudiera haber cosas tales como primeros recuerdos, ni había considerado que «los primeros» pudieran tener un valor especial. En ese momento pensó en varios de los suyos: la primera vez que quitó la nieve del camino de entrada de casa ella sola; la primera vez que cambió el aceite al coche de sus padres; la primera vez, hacía poco, que recibió una carta.

—No subestimes nunca la importancia del principio —prosiguió Helen—. En nada. El principio contiene la semilla de todo lo que ha de ser. ¡Dónde y cómo empiezan las cosas importa!

Hope se preguntó cuál sería su primer recuerdo. ¿El gris de las paredes de hormigón de su cuarto? ¿La voz de su madre gritándole que cerrara el pico? En realidad, uno de sus primeros recuerdos, aunque quizá no el primero del todo, era haberle dado su silbato a Honey, cuando esta era poco más que un bebé. La evocación la paralizó un instante, entre sus manos.

A su lado, Helen reiniciaba un receptor.

—En mi opinión —continuó—, la gente no da a los memis la importancia que debiera. Los sueños y los recuerdos posteriores: esos son los que se llevan toda la atención por estos pagos. Porque como los memis son jóvenes y frescos y pequeñitos, igual que los niños, se tiende a ignorarlos.

Dicho esto se giró de golpe y abrazó a Hope, estrechándola contra su generoso pecho.

—¡Pero los pequeños son los verdaderos tesoros!

—Tesoros —repitió Hope, sorprendida pero complacida por el abrazo.

Helen la soltó.

—¿Quieres transferir uno?

—¡Huy, sí! —contestó Hope. ¡Claro que quería!

Mediante unas largas pinzas, Helen le enseñó cómo extraer de la pelusa unas hebras semejantes a las de algodón de azúcar: el primer recuerdo que acababa de eclosionar.

—Con suavidad —dijo, y Hope probó. Había que sacar el memi, sin zarandearlo, para introducirlo en una bola de plástico transparente, como las que tenían premio en las máquinas esas de monedas, según recordó; las había visto de lejos, porque sus padres no la dejaban ni acercarse.

En cuanto Hope hizo la transferencia —estupendamente, por cierto—, Helen colocó la bola en una huevera de fieltro, y le explicó que al ser tan precia-

dos, los memis no se visionaban en los monitores para comprobar si estaban grabados o no. A fin de evitar un exceso de manipulación, simplemente se transferían y se guardaban. Señaló los cajones que tapizaban la mitad inferior de la habitación.

—Identificado y guardado con amor —dijo metiendo al recién llegado en uno de ellos.

—¿Pero cómo sabes de quién es ese memi? —preguntó Hope.

—Oh, vaya, los memis están *embadurnados* de identidad. ¡La identidad y el memi van de la mano!

Los primeros recuerdos seguían eclosionando en las campanas de cristal. Por encima, los pájaros saltaban de percha en percha. A Hope se le ocurrió de pronto otra pregunta:

—¿Estará aquí el de mi hermana? —su voz tembló un poco al formularla.

—¡Por supuesto! —respondió Helen.

—¿Puedo verlo? ¿Puedo tocarlo?

La mera posibilidad de tener en sus manos el primer recuerdo de Honey la emocionaba. Era incluso más íntimo que soñar con ella.

—No veo por qué no —contestó Helen, y se acercó a un gran libro de contabilidad—. ¿Cómo se llama?

—Honey —susurró Hope. El nombre nunca le había sonado tan dulce, tan puro—. Honey Scroggins.

Helen empezó a pasar las páginas del grueso libro.

—¿Estás segura? No veo a ninguna Scroggins, Honey.

¿Otra vez la habían olvidado? A Hope se le cayó el alma a los pies. *Tenía* que estar allí.

—Sí, Scroggins —dijo, pero tras un momento de vacilación añadió—: ¡Sonny!

Aquel era el verdadero nombre de Honey, porque sus padres querían un niño y no se molestaron en disimularlo. Fue Hope quien le puso el mote de Honey.

—Ah, Sonny —dijo Helen, y señaló un punto de la pared opuesta—. El segundo cajón desde abajo.

Hope cruzó la sala a toda prisa, conteniendo el aliento. ¡Se sentía como si fuese a ver a Honey en persona! Se agachó y abrió el cajón.

¡Pero, horror: estaba vacío!, y lo que pasó a continuación fue igual de horroroso, al menos para Hope:

¡se echó a llorar! Miró la huevera, sin bola de plástico, sin preciados zarcillos, sin memi alguno, y se le cayó el mundo encima; había perdido a su hermana por segunda vez.

Pese a que sus padres les tenían terminantemente prohibidos los lloriqueos, Hope no pudo evitarlo. Le tembló la barbilla, le retemblaron los labios, le chorreó la nariz y, antes de que se diera cuenta, empezó a llorar a lágrima viva.

Helen acudió a su lado como una flecha. La cogió en brazos y se sentó con ella en una mecedora. Allí la arrulló en su regazo, dándole palmaditas en la cabeza. No le dijo que callara de una vez, ni que ya le daría ella un *verdadero* motivo para llorar, ni siquiera le tarareó *La llorona*. Se limitó a acunarla, durante todo el tiempo que a Hope le dio por llorar a moco tendido.

Cuando el diluvio remitió, Helen fue a buscar una bolsa de bombones que guardaba en la despensa y ella y Hope se dieron un atracón.

—Nada mejor que una buena llorera —comentó, como si la niña hubiera hecho algo digno de alabanza.

Y, cuando le dijo «Qué pasó», la triste historia de Hope salió a chorro, como descorchada por el llanto. Descansando en el profundo regazo de Helen, Hope le habló del chicle y del nada de risas y del abandono de Honey y de la nube de polvo y de la manita agitada y de la horrenda palabra, «Olvídala». Lo recordó todo, cada detalle, y cuanto más recordaba, más cosas le venían a la memoria.

—¡Su silbato! —dijo súbitamente, viéndolo con tanta claridad como cuando se lo dio a Honey aquella mañana—. Sé que lo llevaba. Se lo di para que pudiera llamarme... si me necesitaba.

Exhaló un suspiro entrecortado.

Dolía tanto... pero al mismo tiempo consolaba... ¡echarlo todo fuera! Cuando acabó de contarlo, estaba exhausta.

—¡Caramba, caramba, caramba! —dijo Helen—. ¡Ay, *caramba*!

Meneó la cabeza una y otra vez, una y otra vez.

Hope, que estaba apoyada sobre el pecho de la mujer, creyó oír que aquel gran corazón hacía crac.

—Come más —dijo ella, acercándole los bombones.

Hope comió más.

—Yo solo quería ver su memi, ¿sabes?, tenerlo en la mano —explicó.

—Pues claro.

—Pero el cajón está vacío —añadió, y aquel recuerdo, fresco como una flor cortada, hizo que sus labios temblaran de nuevo.

Helen volvió a menear la cabeza, pero esta vez sonreía.

—Ay, ratita —dijo—, tendría que habértelo advertido: si un memi no está en su huevera, ¡es por una razón muy especial! De muy, muy tarde en tarde llega uno con suficiente peso y calor y densidad como para ser trasladado de inmediato a una caja fuerte. Seguro que el memi de Honey está arriba, con Sterling. No se ha perdido —afirmó—, no puede, ¡es imperecedero!

—¿De verdad? —preguntó Hope. Poco faltó para que se echara a llorar otra vez al saber que el recuerdo de su hermana estaba a salvo; ni desaparecido, ni olvidado, ni perdido en una nube de polvo. Estaba allí, en el Banco; se imaginó la enorme pared con las cajas de seguridad de los Imperecederos, todas ellas impolutas y brillantes.

Helen le acarició el pelo y le palmeó la mano. Ambas comieron más bombones. Hasta acabarse la bolsa.

La habitación se oscurecía por momentos. Al mirar hacia lo alto, vieron por los ventanales un objeto semejante a un sol negro.

—Debe de ser un eclipse —se admiró Helen—, ¡y es un *primero*! ¡Oh, qué día tan memorable para la Guardería!

«Sí, ha sido un día memorable», pensó Hope mientras descansaba felizmente en su regazo.

¡Oh, Honey, ojalá tú también seas feliz!

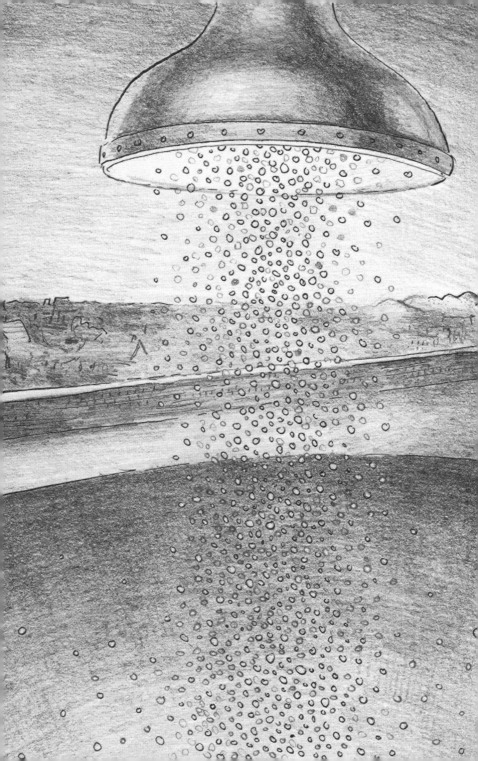

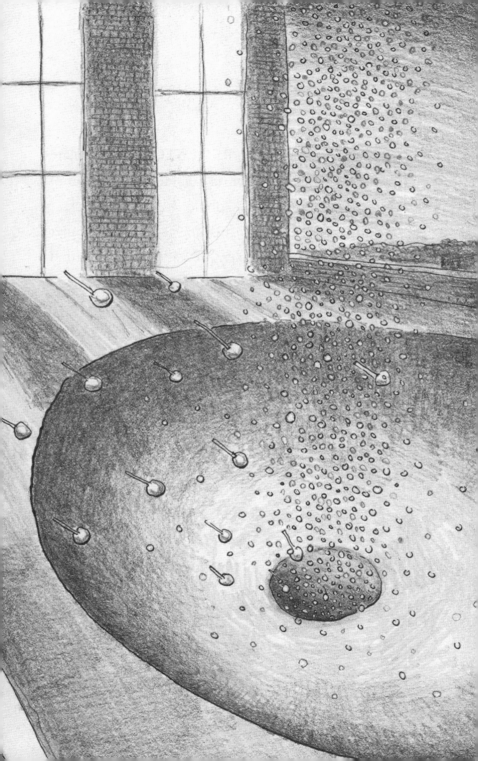

HOPE SABOREÓ EL REGUSTO del chocolate mientras esperaban al Ciclista que Helen había llamado para acompañarla al Vestíbulo de los Recuerdos.

—Ven otra vez, ven a menudo —le dijo la mujer mientras la abrazaba—, siempre habrá un sitio para ti en la Guardería.

Hope se aferró a esas bellas palabras, a esa promesa, y ella y el Ciclista se alejaron pedaleando. Tras recorrer una corta distancia por el Laberinto se detuvieron para hacer una entrega. Hope sostuvo la bicicleta mientras el hombre sacaba de la cesta unos cuantos lobuglobos normales y corrientes, protegidos por tubitos de madera, y los guardaba en varios cajones. Después volvieron a montar y fueron en dirección al Receptor, donde el Ciclista se detuvo de nuevo cuando una trabajadora agitó por encima de su cabeza un lobuglobo que acababa de extraer del foso.

—Para arriba —dijo la mujer, entregándole al Ciclista una canica que parecía de mármol—. Es grande. Puede estar imperecedero.

Luego dedicó a Hope una sonrisa llena de dientes separados.

—Tú quedas con Clasificadoras, ángel.

¿Acababan de llamarla *ángel*? Hope sonrió de oreja a oreja.

—¡Yo Ute! —chilló la mujer y, señalando a su compañera más cercana, añadió—: ¡Esta, Franka!

Ute le indicó que se sentara en el taburete situado entre ellas.

Tras agradecerle el viaje al Ciclista, Hope desmontó y tomó asiento. El hombre se dirigió al montaplatos del extremo opuesto del Vestíbulo.

—Él manda lobuglobo al Sterling —explicó Ute señalando la puerta de Imperecederos. Después cuadró como un soldado su cuerpo bajo y fornido y borró la sonrisa de su cara—. Es asunto muy serio —declaró, y ella y Franka soltaron unas risitas antes de reanudar su tarea.

Desde el taburete, Hope disponía de un asiento de primera fila para observar la cascada de lobuglobos que salían del embudo y atravesaban las columnas huecas hasta caer disparados en el foso. Era asombrosa la cantidad de recuerdos que llegaba a haber, ¡la gente no hacía más que recordar! De repente, Hope cayó en la cuenta de que sus recuerdos también formarían parte de aquella catarata imparable... ¡los suyos y los de todas las personas del mundo! ¡Y los de Honey! ¡Ay, cuánto le gustaba y le dolía pensarlo! Se preguntó que estaría recordando Honey, y si sus recuerdos y los de ella se encontrarían allí en aquel momento, mezclándose delante de sus ojos.

Con un rápido movimiento de muñeca, Ute lanzó un lobuglobo al cubo colocado a sus pies, sobresaltando de paso a Hope.

—¡Para Vertedero! —aulló.

Hope se acordó con cariño de Obleratta. Se lo imaginó recogiendo los cubos, entregándolos en el preciso sitio donde debían ser entregados. Entonces advirtió que todas las Clasificadoras extraían de cuando en cuando un lobuglobo y lo arrojaban al cubo más cercano. Nunca fallaban.

—¿Qué les pasa a esos lobuglobos? —le preguntó a Ute.

Tras sacar la mano del mar de recuerdos, Ute formó un circulito con sus regordetes índice y pulgar.

—No está redondo —explicó—. No todos redondos.

A continuación giró el dedo índice sobre su sien.

—Está un poco roto.

—¿Pero cómo lo saben? —Hope tuvo que gritar para que su pregunta fuera escuchada pese al fragor.

—Estos dedos lo captan todo —gritó Franka en respuesta; y, para recalcarlo, alzó sus estropeadas manotas—. A Franka no se le escapa ni uno, pero que ni uno.

—¿Saben de quiénes son? —gritó Hope. ¡A lo mejor podían captar cuáles eran los de Honey!

Franka sacó uno y lo apretó entre sus hinchados dedos. En menos que canta un gallo bailaba un tango en solitario siguiendo el perímetro del Receptor de Recuerdos. Era increíblemente ligera.

Cuando pasó junto a Hope le chilló al oído:

—Este es del mejor bailarín mundial de tangos. Un hombre moreno y muy apuesto.

Ute dio una palmadita al trasero de su compañera cuando esta, embelesada, pasó tangueando por su lado.

—¿Está de broma? —inquirió Hope.

Ute soltó unas risas.

—Franka sabe soñar. Todas sabemos.

Al regresar bailando a su puesto de trabajo, Franka preguntó a Hope:

—¿Quieres probar con tus deditos?

¿En la avalancha de recuerdos? ¿Quería probar? ¡Vaya que sí!

Franka la alzó hasta una de las pilas que rodeaban el foso y Hope hundió las manos en el mar de lobuglobos. Su fuerza y su peso la sobrecogieron. ¡No era de extrañar que las Clasificadoras tuvieran los nudillos como pelotas de ping-pong! A Hope empezaron a dolerle los dedos a los pocos minutos. Con lo bonitos y lo frágiles que parecían vistos uno a uno —canicas exquisitas—, ¡en masa eran de cuidado!

Hope se concentró en captar los recuerdos de Honey, pero lo que más captaba era el aporreo. Le asombraba que las Clasificadoras notaran algún tipo de diferencia entre ellos, cuáles eran perfectos y cuáles estaban rotos, cuáles eran normales y corrientes y cuáles debían ir al primer piso o a los cubos para el Vertedero. Mantuvo las manos sumergidas e intentó concentrarse para captar alguna diferencia, pero, la verdad, todos le parecían exactamente iguales: suaves y redondos.

¡Y pegajosos! ¡Había algunos pegajosos! Cerró los dedos alrededor de uno de ellos y lo sacó... con palo

y todo. Pero ¡si no era un lobuglobo! ¡Era un chupa-chup! Rojo, para más señas.

—¡Huy, huy! —gritó Ute—. ¡Trastadas!

Otras Clasificadoras también desenterraban chupa-chups y pirulís, de todas las formas, colores y tamaños, y los sostenían en alto.

En ese preciso momento se disparó la alarma.

El ululato, lo suficientemente agudo para ser oído por encima del Receptor, dio un susto de muerte a Hope y la atravesó como un rayo. Se imaginó a Honey en la nube de polvo, y recordó un silbido totalmente distinto.

—No miedo, nenita preciosa —gritó Ute apartán-dola del foso—. Es solo alarma. ¡Objetos extraños dan problema! ¡Los chicos arreglan! —Ute señaló hacia Imperecederos, y Hope vio que Sterling bajaba por la escalera de caracol y se acercaba al Receptor a toda velocidad.

—¡Atención, no cosa de risa! —dijo Ute soltando risitas.

Sterling no podía tener la cara más larga. Se puso unos guantes blancos, ordenó que le enseñaran los ob-jetos infractores y dijo a las trabajadoras que se aparta-ran y conservaran la calma.

Por suerte, la alarma dejó de berrear.

Hope sostuvo en alto el chupa-chup —rojo— que había pescado entre los lobuglobos. Sterling fue de Clasificadora en Clasificadora, agarrando los caramelos con dos dedos cubiertos de látex y echándolos a una bolsa de plástico.

—Todo apunta a la BBCN —repetía como un loro.

«¿Los mordiscos también?», se preguntó Hope, porque su chupa-chup rojo estaba medio comido.

Cuando Sterling llegó a su lado pareció sorprenderse al verla, como si hubiera olvidado por completo que estaba en el Banco. Se inclinó para recoger el caramelo y le dijo con muchos misterios:

—El enemigo se acerca. Este no es buen sitio para usted.

Hope se quedó de piedra. Claro que era buen sitio para ella: ¿dónde iba a estar mejor que allí?, ¡rodeada por los recuerdos de Honey, soñando con Honey en la Cámara!

En lugar de insistir, Sterling se dirigió a todas las presentes diciendo:

—El Receptor debe ser registrado para eliminar los objetos extraños. Mientras tanto, esperen en el Salón.

Franka soltó un gritito de alegría:

—¡Bizcocho de café!

—Cuando suene la sirena podrán volver sin peligro —dijo Sterling.

Aunque la alarma se había detenido, el ruido seguía reverberando en la cabeza de Hope, junto a las inquietantes palabras de Sterling. Justo cuando se estaba preguntando qué hacer y adónde ir, Ute puso un brazo en jarras, agarró el de Hope y lo enlazó con el suyo.

—Tú quedas con Clasificadoras, mía manzana al horno, y todo va bien.

Ay, ¿en serio que todo irá bien?

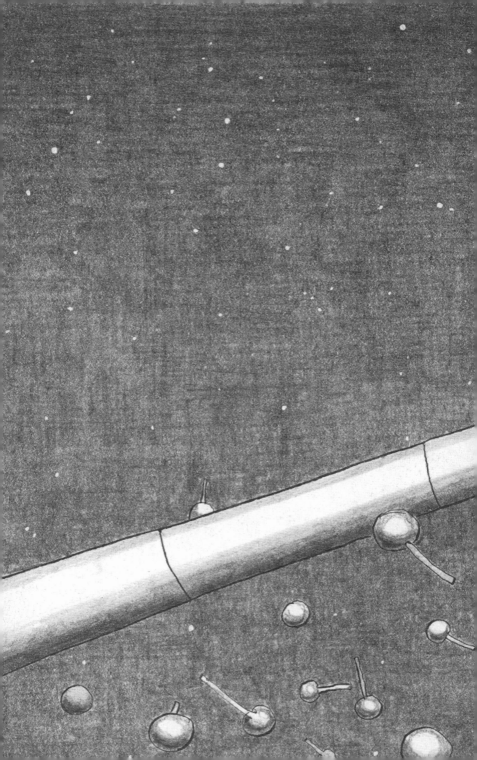

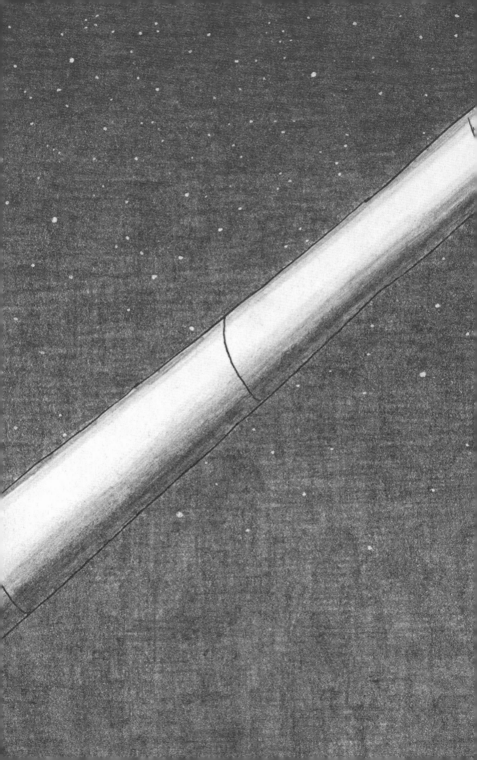

EN EL SALÓN todo el mundo estaba de lo más tranquilo. ¿Caramelos en el Receptor? ¿Objetos extraños? ¿La BBCN? Lo único que preocupaba a las Clasificadoras era que Hope comiese.

Ute sostuvo en alto la muñeca de la niña para enseñársela a sus compañeras y sentenció:

—¡Como palillo mismo!

En cuestión de minutos habían llenado una bandeja con salchichitas y bizcocho de café y bollos variados. A Hope nunca le habían dado tan bien de comer. Aunque le preocupara lo que Sterling le había dicho sobre irse del Banco, aquellas delicias acabaron por cautivarla.

Una vez que se hubieron servido, las Clasificadoras se pusieron a hacer cábalas acerca de Obleratta, apostando sobre cuándo recogería los lobuglobos para el Vertedero.

—Oh, oh, oh, Obleratta —canturreó Franka meneando sus anchos hombros. Las demás se desternillaban de risa, salpicándose unas a otras de migas voladoras.

—Buen chico —le confió Ute a Hope.

Las mujeres le llamaban *bocadito de nata* y *empanadillita*, y nunca, pero que nunca, *cabeza de chorlito* ni *¿cómo-decías-que-era-tu-nombre?*

Aunque jamás había asistido a una fiesta, Hope se sintió como en una en el Salón de las Clasificadoras del BMMM, escuchando sus charlas y sus risas, engullendo bizcocho de café.

Cada vez que el nombre de Sterling salía a colación, todas ellas arrugaban la nariz y se hacían reverencias unas a otras.

—Es asunto terriblemente serio —decía Ute, y las demás se reían como locas.

Las bromas sobre Sterling ayudaban a Hope a olvidar lo que le había dicho junto al Receptor. Se levantó de su asiento, alzó el puño y ordenó, imitando a la perfección la voz del hombre:

—¡Permanezcan alertas y vigilantes!

Lo que provocó en Ute tal ataque de risa que se atragantó con el bizcocho; Franka tuvo que aporrearle la espalda para que respirase de nuevo.

Las Clasificadoras se reían igual o más de Violette, a la que consideraban medio majara.

—Cuéntame tus sueñosss, poorfa, querida —se decían unas a otras, ciñéndose fulares imaginarios alrededor del cuello y poniendo unas voces que no sonaban en absoluto como la de Violette. Hope se rió con ellas, no pudo evitarlo, aunque se sintió un poco culpable. ¡Violette le encantaba! Pero nadie hubiera podido resistirse a las bromas y las risas de las Clasificadoras. Se sentía como una más de la familia.

—Come más bizcocho de café, mía *Frankfurter,* mía salchicha —ordenó Ute, pasándole otro trozo veteado de canela y coronado de azúcar morena.

Las mujeres hablaban mucho de sus parientes, que eran todos de un sitio llamado Patria Chica. Cada una de ellas tenía más hermanos que la anterior. Una seis, otra ocho. Ute alzó ambas manos.

—Diez —dijo moviendo la cabeza de arriba abajo—, Ute tiene diez hermanas. —Después la movió de izquierda a derecha—. En casa. Aquí no.

—Aquí no —repitió Hope con la boca llena.

—En mundo del otro lado —dijo Ute, encogiendo sus grandes hombros.

—Otro lado —convino Hope.

—¿Dónde tienes familia? —le preguntó Ute.

Hope la vio en su cabeza: Honey. La recordó de pie junto a su colchón en la vieja casa, vestida y preparada para irse, con el silbato que Hope siempre comprobaba que llevara…

Y entonces sonó, alta y clara; la sirena del Banco anunciaba el fin del peligro.

Ay, Honey, ¿estarás tú también a salvo?

—SE ACABÓ LA FIESTA —dijo Franka, y Ute envolvió una rebanada de bizcocho para que Hope se la comiera más tarde. Las tres volvieron con el resto de las Clasificadoras al Vestíbulo de los Recuerdos.

De pronto, apareció de la nada una moto veloz y rugiente dando virajes y apagando y encendiendo sus faros blancos. Ute y Franka tiraron de Hope para apartarla de su camino ¡justo a tiempo!

—¡Pequeña! —gritó Franka.

—¡Por pelos! —aulló Ute agitando su rollizo brazo en dirección al motorista que se alejaba.

—¿Qué ha sido eso? —preguntó Hope. ¡Había pasado todo tan rápido! ¡Podían haberla atropellado, haberla espachurrado, haberla *matado*! Y en cuanto lo pensó, ¡se dio cuenta de lo mucho que deseaba *vivir*! ¡Para encontrar a Honey! ¡Para comer más bizcocho de café!

—Retrospectores —dijo Ute—. Siempre iguales.

—¿Por qué van tan deprisa? —preguntó Hope. Aún le temblaban las rodillas.

—FMF —contestó Franka, asintiendo de tal manera que hundió la barbilla en su doble papada.

¿Fenómenos Más Falsos? ¿Familias Mal Formadas? ¿Feroces Malos Fisgan? Hope no tenía ni idea.

—Flashback del Momento Final —explicó Ute.

—¿Flashback del Momento Final? —repitió Hope.

—Los Retrospectores vienen… —empezó Ute.

—… cuando se acerca el fin —completó Franka—. Siempre van con muchas prisas, porque tienen que recoger los recuerdos que se entregan al llegar la última hora.

A Hope se le desorbitaron los ojos.

—¿La última hora de… *la vida*?

Ute contestó:

—Sí, mía croqueta, la hora de estirar la pata. De ir al otro barrio.

Hope necesitaba estar segura:

—¿Cuando te mueres?

—Justo antes —precisó Franka, con su cara redonda como la Luna.

Hope se quedó boquiabierta. Ella no lo sabía, nunca se le había ocurrido pensar en esas cosas.

—¿Para eso se guardan los recuerdos, para poder devolverlos al final?

Ute se encogió de hombros.

—Es buena razón —respondió.

Hope estiró el cuello para ver dónde se habían parado los Retrospectores; estaban al pie de la escalera de caracol, debajo de Imperecederos, descargando su cesta de lobuglobos.

—¿Cómo saben cuáles tienen que entregar? —preguntó.

—Al final, los recuerdos dan calor —dijo Ute—. Chicos pescan con termodetectores.

—Calorchá chachachá —canturreó Franka. Se lamió el dedo, se tocó el muslo y soltó un ruidito sibilante.

—Y luego echan al encapsulador —prosiguió Ute; Hope vio que los lobuglobos desaparecían en el interior de la columna central de la escalera, que debía de ser algo así como un Receptor de Recuerdos a la inversa.

—O sea, que todo el que esté... a punto de morir... ¿recibe sus recuerdos un poco antes?

—Regalo de despedida —contestó Ute.

—Al final todo cobra sentido —añadió Franka—. Es bonito.

Hope seguía sintiendo cierta debilidad en las rodillas. Había descubierto tanto, desde los memis a los

Flashbacks del Momento Final, ¡desde el principio hasta el fin! Se sintió a rebosar de cosas para pensar y para recordar… ¡y para soñar!

—Me parece que debería volver a la Cámara —les dijo a sus amigas.

—Llamaré Ciclista —propuso Ute. Luego se llevó dos dedos a los labios y emitió un silbido de tal calibre que casi tiró a Hope del susto.

—Eh, no pasa nada —la tranquilizó Franka—, solo ha silbado.

—Sí —convino Hope—, ha silbado.

Cuando llegó el Ciclista, Franka y Ute le dieron grandes abrazos y le pusieron el bizcocho entre las manos. No querían que se fuese a la cama con hambre.

—Gracias —les dijo Hope—, por todo.

Y allá que fue, zigzagueando velozmente por el Vestíbulo de los Recuerdos, ansiosa por ver dónde la llevaban sus sueños, ¡sabiendo que no había tiempo que perder!

—A la Cámara —dijo a voces, más preparada que nunca para dormir y soñar.

HOPE DEJÓ DE SOÑAR que estaba dormida. Al despertarse vio que tenía la mano sobre el corazón, presionando.

¡Ah, sí! ¡El silbato! Se incorporó en la cama sin dejar de apretar contra su pecho... lo que no tenía en la mano. Sobre el colchón había una serie de bolsitas REM, pero el bolsillo de su camisón estaba vacío. ¡Sin bolsita, sin silbato! Un ruidito entrecortado escapó de sus labios. Se sentía como la víctima de un atraco.

Violette, que sentada a su escritorio supervisaba la entrega matutina de sueños traída por los Ciclistas, se volvió para mirarla.

—¿Querida? —dijo con tono de preocupación. Los despertares súbitos la alarmaban porque, según ella, la transición del sueño a la vigilia debía ser paulatina—. Tómate el tiempo que quieras para espabilarte. Tu propio tiempo.

Indicó por señas a los Ciclistas que finalizaran cuanto antes la entrega; ellos acabaron de colocar las bolsitas en la cinta transportadora que las llevaba a la zona de almacenamiento de la cúpula y se marcharon.

Hope volvió a tumbarse en su cama; una cosa inmensa, chinesca, con siglos de antigüedad y un cabecero desaforadamente grabado.

Un grueso edredón relleno con las plumas de numerosas ocas la cubría. En el limbo situado entre el sueño y la vigilia, la niña palpó con tristeza el bolsillo vacío. En lo alto, millones de sueños titilantes llenaban la cúpula. Algunos brillaban más, alumbrándola como un rocío de estrellas. Hope contempló el celestial espectáculo de luces y, al cabo de un rato, preguntó:

—¿Violette? ¿Por qué hay algunos que brillan más?

La Guardiana estaba preparando el desayuno: té para ella y chocolate caliente para Hope, servido en una taza con asas en ambos lados. Interrumpió su tarea para contemplar la cúpula estrellada.

—Todos los sueños pueden ser una fuente de luz —le dijo a Hope—, pero algunos son especialmente radiantes. Su brillo persiste porque les quedan revelaciones por hacer.

—¿Crees que adivinan *el futuro*?

—Oh, cualquier cosa predice el futuro, y el pasado, en realidad; para quien tenga ojos para ver y oídos para escuchar.

Hope no lo sabía. Ella pensaba que era mucho más difícil. Por lo que decía Violette, daba la impresión de que el futuro —y el pasado— estuviera ya por allí, en el interior de las cosas. ¿No era lo mismo que le había dicho Helen en la Guardería sobre los principios?

Violette echó una cucharada de nata sobre el chocolate y se lo llevó a Hope; después le ahuecó la almohada para que pudiera reclinarse. Por último, se acomodó en el diván fucsia.

—Bien, veamos… —dijo, y la niña supuso lo que se avecinaba—. ¿Con qué has soñado?

—Con el silbato —contestó—, he soñado con el silbato de Honey.

La imagen persistía en su cerebro, vívida y fresca, como una pincelada recién hecha.

Violette asintió.

—Me llamaba con él. ¡Cuando me necesitaba! —Hope dio un pequeño respingo y derramó chocolate caliente sobre la pechera de su camisón—. ¿Crees que me estará llamando? ¿Lo he soñado por *eso*?

Violette sonrió, con calma.

—¿Algo más?

Pero el resto del sueño había empezado a evaporarse.

—¡No me acuerdo! —respondió Hope en tono lastimero. Al pensar que Honey podía estar llamándola, deseó con todas sus fuerzas recordar hasta el último detalle. ¡Quería saberlo todo! Bajó la vista hacia las bolsitas REM de su cama—. ¿Por qué no puedo mirarlos y ya está? —preguntó de repente—. En el monitor. Son míos, ¿no?

—Son tuyos y solo tuyos —le aseguró Violette—, pero los sueños deben verse cuando se duerme. Así son las cosas; si los sueños son lo que son es en parte por eso.

Hope suspiró. Seguía deseando verlos, verlos con sus propios ojos.

—Pero te queda lo que recuerdes de él —dijo Violette—, eso te estimulará, quizá, para acordarte de todo lo que puedas.

—Creía que, según tú, todos los recuerdos eran sospechosos —replicó Hope.

La Guardiana sonrió.

—Bueno, es que se toman a sí mismos demasiado en serio, ¿no te parece? Pero los recuerdos son el alimento de los sueños. Trabajan en equipo. Además, sin memoria no recordaríamos nuestros sueños en el mundo de la vigilia, ¡y qué gran desperdicio sería! Ya ves que ambos se merecen un lugar de honor.

Hope miró fijamente las bolsitas REM que la rodeaban. Seguro que una de ellas contenía su sueño del silbato.

—¡Ahí fue donde lo pusiste! —gritó cuando una imagen le vino de repente a la memoria—. Metimos el silbato en una bolsita para que no se perdiera.

Al recordarlo su corazón se llenó de amor por Violette.

—Y Sterling estaba allí —dijo, porque fue lo siguiente que recordó. En ese momento todo volvía. Cuando le pareció sentir la presencia de Sterling a su espalda, como en el sueño, se inclinó un poco hacia delante—. ¡Quería quitármelo! Como si fuese suyo o algo así.

Violette la escuchaba con mucha atención.

—¿Y?

La mano de Hope voló hacia su pecho —un pajarito— para tocar su bolsillo.

—¡Nosotras guardamos el silbato de Honey! —gritó, triunfante—. ¡Está a salvo!

Había recordado el sueño, lo había recordado todo.

Oh, Honey, ¿recordarás tú?

CUANDO SE PRESENTÓ un Ciclista para entregar el mensaje, Hope mordisqueaba las sobras del bizcocho de café, soñando despierta, y Violette ahuecaba las almohadas.

—Es de Sterling —dijo la Guardiana al darle a Hope el abultado sobre que llevaba su nombre.

—¡Estaba pensando en él! —exclamó la niña. Había estado recordando su encuentro junto al Receptor—. Qué casualidad.

Violette se rió con su risa musical y se abanicó con sus largos dedos, como si espantara un bicho.

—La casualidad está sobrevalorada —afirmó—. Todo converge.

Hope abrió la carta. La nota, escrita con tinta azul oscura sobre un grueso papel de color crema, requería la presencia de Hope en Recuerdos Imperecederos tan pronto como le fuera posible. A pesar de su tono agradable y su florida firma —Sterling se despedía como «Su seguro servidor»—, Hope sintió recelos. ¿Y si la obligaba a irse? ¡No quería irse! ¡No podía! ¡Estaba a punto de encontrar a Honey!

Se preparó para la visita lavándose los pies y engalanándose (palabra preferida de Violette) con su mejor camisón. Salió de la Cámara, con la huella del beso de la Guardiana sobre su frente, y subió por la escalera de caracol. Para tranquilizarse pensó que cada nuevo paso la acercaba un poco más al lugar donde reposaba el recuerdo imperecedero de Honey.

En lo alto de la escalera se volvió para mirar a Ute y Franka. Estaban abajo, muy lejos, saludándola efusivamente desde el Receptor, con los hinchados dedos abiertos de par en par. Hope les dedicó un pulgar hacia arriba, se giró hacia la enorme puerta de hierro forjado, respiró hondo y entró.

Sterling la saludó sin levantarse del escritorio.

—Lo siento, pero me han enviado un lobuglobo y estoy en plena evaluación —explicó.

A Hope, desde luego, no le importaba nada esperar. Se tomó su tiempo para recorrer la larga alfombra, contemplando con animación la pared cubierta de cajas plateadas.

Cuando le faltaba poco para llegar al escritorio, Sterling alzó un lobuglobo azul oscuro para mirarlo al trasluz.

—De tamaño está bien —masculló—, pero el tamaño no lo es todo. El peso es fundamental —informó dirigiéndose a Hope, y puso el lobuglobo en una balanza reluciente.

Hope, que siempre había sido tan pequeña como liviana, no supo qué pensar de aquella información.

—Es decir, lo que interesa es la densidad —añadió Sterling. A Hope se le iluminó la cara: denso era parecido a espeso, y a ella la habían llamado espesa cantidad de veces—. Pero la prueba de fuego para estos recuerdos es la medición de la temperatura. Los imperecederos emiten calor desde el principio.

—¡Y al final más! —dijo Hope al recordar las lecciones sobre los FMF.

Sterling dejó de toquetear el termómetro que sostenía y la observó complacido.

—¡Me alegra comprobar que está aprendiendo! —le dijo.

Que alguien que lo sabía todo le dijera aquello, le supo a Hope a gloria.

Sterling puso el lobuglobo en el artefacto en forma de cáliz que coronaba el monitor situado junto a su escritorio.

—Este es el último paso para certificar su carácter de imperecedero —precisó.

El lobuglobo cayó con un pum y la pantalla cobró vida.

¡Hope era toda ojos! ¡Quería ver! ¡Un recuerdo imperecedero de verdad!

Sterling carraspeó.

—Por favor, señorita Scroggins. Los depositantes tienen derecho a su intimidad. Si nosotros visionamos sus depósitos es únicamente para comprobar que hay *algo* dentro.

Hope apartó la mirada a regañadientes.

—Bien, cambiando de tema —continuó Sterling—, creo que se merece usted una felicitación.

—¿Ah, sí? —preguntó Hope. El recuerdo que se desarrollaba en el monitor seguía atrayéndola como un imán pero, por otra parte, era la primera vez en su vida que la felicitaban por algo.

—El saldo de su cuenta de recuerdos ha aumentado, y el aprovisionamiento de fondos continúa.

Hope se enderezó en su asiento. Le gustaba el sonido de esa palabra, aprovisionamiento, significara lo que significase.

—Su cuenta de sueños y su cuenta de recuerdos empiezan a equilibrarse.

La niña sonrió de oreja a oreja.

—Por lo tanto, como las discrepancias han sido aclaradas y la amenaza de la BBCN se cierne aún con más fuerza sobre nosotros, sería preferible que dejara usted cuanto antes estas dependencias, y se fuera…

—¿Irme? —gritó Hope—. ¿Irme adónde?

Su sitio estaba en el Banco. ¡Tenía que seguir buscando a Honey!

—Señorita Scroggins —dijo Sterling, el delgado rostro algo palidecido—, como ya le advertí, el Banco no es buen sitio para los, esto —hizo un movimiento circular con la mano.

—Niños —completó Hope.

—Exactamente. Tenemos mucho trabajo que hacer, trabajo muy serio. Nuestra misión es conservar —afirmó volviendo la mirada hacia la inmensa pared de recuerdos.

—¡Pero yo podría ayudarles! Yo también sé trabajar. ¡Como una mula! —Hope se giró en la silla para colocar su cuerpecito frente a la pared de cajas de seguridad… Debía de haber más de un millón—. Les sacaré brillo —espetó—. A todas. ¡Soy una fregona campeona!

¿Acababa de llamarse a sí misma *campeona*?

Sterling se volvió para mirarla. Hizo amago de empezar a poner pegas, pero Hope se le adelantó:

—Las dejaré como los chorros del oro, como no han estado jamás.

¡No podía irse del Banco, no podía darle la espalda a Honey!

—Para mí sería un honor —concluyó con toda la seriedad de la que fue capaz.

Sterling dudó.

Hope aguardó.

Y Sterling dejó escapar un suspiro.

—No les vendría mal un poco más de brillo… —admitió—. En estos tiempos difíciles hemos tenido que sacrificar gran parte de nuestro personal de mantenimiento a la seguridad.

Hope saltó de la silla para empezar cuanto antes. Haría lo que fuera para quedarse en el Banco, para seguir su camino hacia Honey.

Sterling la equipó con un cinturón de herramientas, un espray y unos cuantos trapos de franela. Hope se

abrochó el cinturón y se dirigió hacia la escalera, una altísima escala con ruedas para deslizarse a izquierda y derecha de la pared; y arriba que fue. Todavía estaba un poco temblorosa por su entrevista con Sterling, pero también tremendamente decidida. ¡Nadie iba a echarla del Banco de Memoria ni de la Cámara de los Sueños!

Empezó por lo más alto y fue bajando. Qué brillantes dejaba las cajas, cómo resplandecían bajo la luz de la luna que entraba a raudales por la claraboya. Frotaba cada una de ellas hasta ver el reflejo de su rostro, frotaba tan fuerte que originaba una vibración aguda que le reverberaba por dentro. Inmersa en una especie de trance, dejó que aquella vibración la limpiara a ella. Al dar la última pasada a uno de los tiradores metálicos vio, o creyó ver —¿lo había visto?— durante un segundo… ¡la cara de Honey! ¡Su jubilosa carita, mirándola a ella!

La visión desapareció en un abrir y cerrar de ojos y a Hope le sorprendió tanto que estuvo a punto de caerse de la escalera. Agarrándose con fuerza al travesaño, se quedó mirando boquiabierta la caja de seguridad que tenía enfrente. El rostro de Ho-

ney se había ido y solo quedaba otra superficie lustrosa, pero una plaquita delicadamente grabada, que Hope vio de pronto, decía: *Scroggins, Sonny.*

Hope sopló sobre la placa, la frotó hasta dejarla reluciente y la releyó para asegurarse de que veía lo que veía. Luego se pellizcó a fin de comprobar que no estaba soñando. ¡No lo estaba! ¡Lo que sí estaba era delante de la caja de seguridad del recuerdo imperecedero de su hermana!

Con mano temblorosa, agarró el tirador y abrió el cajón; pero sintió tanto miedo de encontrarlo vacío, como en la Guardería, que cerró los ojos. Una instantánea de Honey apareció al punto detrás de sus párpados… de la última vez que la vio; de la nube de polvo, del gesto de la manita, del silbato enmudecido.

Abrió los ojos y bajó la vista. Allí, en la gran caja, descansaba sobre terciopelo un lobuglobo infinitamente bello: el recuerdo imperecedero de Honey. Sin pensar, sin respirar siquiera, Hope extendió el brazo, sacó el recuerdo de su hermana y lo sostuvo en la palma de la mano. Era cálido, pulsante. Abultaba poco, pero era pesado. Denso. Debería haberlo supuesto. Sterling se lo había dicho.

Pero ¿cómo se puede uno preparar para sostener en las manos el recuerdo imperecedero de quien más se quiere en el mundo?

—Señorita Scroggins —llamó Sterling.

Hope respingó. Su mano se cerró con fuerza en torno al lobuglobo.

—Me necesitan en la Sala de Recepción.

Hope miró hacia abajo y vio a Sterling muy, muy lejos.

—Alerta de seguridad. Numerosos objetos extraños en la cinta transportadora exterior —anunció él con voz bastante chillona.

Hope no contestó. El cálido memi de Honey palpitaba en su mano.

—Prosiga. Volveré lo antes posible.

La niña asintió y se las arregló para responder:

—Vale.

Pero en lo único que podía pensar era en lo que estaba sujetando: el memi de Honey, su primer recuerdo. *La semilla de todo lo que ha de ser*, según Helen.

La puerta emitió un ruido metálico tras la apresurada salida de Sterling, y Hope se quedó sola en el ciclópeo espacio de los recuerdos eternos.

Como en trance, apretando con firmeza el memi de su hermana, bajó de la escalera. Sin un plan, sin pensar conscientemente en lo que iba a hacer, se abrió camino hasta el monitor situado junto al escritorio de Sterling, hasta su pantalla negra y pulsante, hasta el cáliz vacío. Todo estaba listo para la recepción.

¿Iba a echar allí el memi de Honey? ¿Iba a echarlo?

¡Ay, Honey, haría cualquier cosa por verte!

¡QUIERO A MI HOPE!

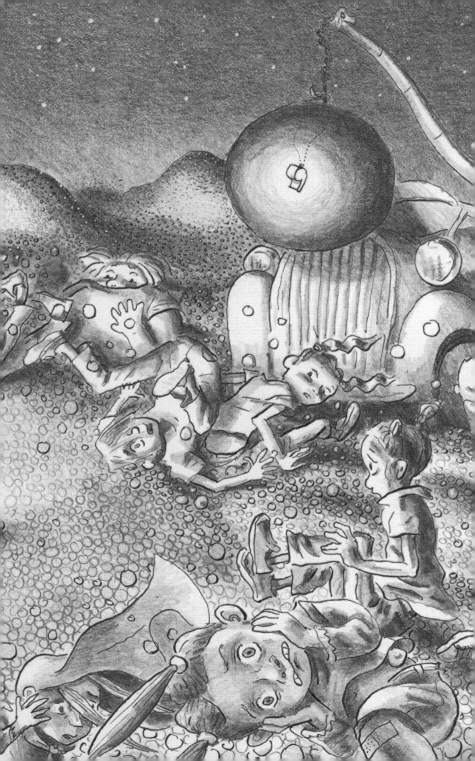

Cuando Honey, por fin, llamó a gritos a su hermana mayor, todos los niños se pusieron a recordar cosas:

—¡Quiero a mi mamá!

—¡Quiero a mi papá!

—¡Quiero a mi perrito!

—Si no recordamos, no tendremos motivos para llorar —los exhortó Tabby, su cabecilla—. Nada de lágrimas —ordenó. Ese era el credo de la BBCN.

Pero llegaba demasiado tarde.

Desesperada por cortar de raíz recuerdos y lloriqueos, Tabby pasó a la acción; se subió a un alto y arengó a sus tropas:

—¿Queremos ser un hatajo de lloricas?, ¿o queremos ser verdaderos miembros de la Banda del Borrón y Cuenta Nueva?

Unos cuantos niños desharrapados la escucharon; Honey siguió berreando y pataleando.

—¡Hay que olvidar los recuerdos! Ya estamos más que hartos de ser un cero a la izquierda. Ha llegado la hora de chafarles *sus* recuerdos… ¡A ajustar cuentas! —ordenó— ¡Vamos!

¡AL BANCO!

—¿SEÑORITA SCROGGINS? —llamó Sterling.

Al oír su voz, Hope se giró como una peonza. ¿Habría visto lo que tenía en la mano? Se quedó paralizada.

Sterling avanzó por la alfombra roja y, al acercarse, se cernió sobre Hope sin decir palabra.

La niña contuvo el aliento.

Por fin, el hombre dijo:

—Se están calentando los ánimos.

El memi calentaba la mano de Hope.

—¿Ah, sí? —chilló.

Sterling asintió con expresión sombría.

—Hay un sinfín de objetos extraños en el Receptor e informes de nuevos asaltos al Vertedero. ¡Y de una fogata! ¡Y de explosión de lobuglobos! —Apenas le salían las palabras.

—¡Oh! —exhaló Hope, tremendamente aliviada de que fuera la BBCN y no ella quien se hubiera metido en líos. Solo se le ocurrió decir—: ¡Permanezca vigilante!

—Por supuesto —contestó Sterling, ensimismado—. Por supuesto. —Por fin se fijó en Hope—.

No hay duda de que debí evacuarla hace tiempo. Mucho me temo que ya es demasiado tarde. ¡Estamos rodeados!

—Todo irá bien —dijo Hope. Las palabras salieron por su cuenta de su boca. El memi de Honey palpitaba en su mano.

Una sonrisita triste cruzó por el rostro de Sterling.

—Sí, claro, esperemos que sí —dijo, y se volvió hacia la pared de los recuerdos—. ¿Qué tal va la limpieza?

El corazón de Hope iba a cien por hora. No quería mentir, y por eso la verdad, o al menos una parte de la verdad, se abrió camino hasta el exterior:

—Bueno, yo esperaba encontrar la caja de seguridad de Honey.

Sterling parecía desconcertado.

—Mi hermana —le recordó Hope.

—Ah, sí. Creo que la mencionó usted en nuestra primera entrevista...

—Yo solo quería tocar su memi...

Las comisuras de la boca de Sterling descendieron en una mueca triste. Meneó lentamente la cabeza.

—Señorita Scroggins —dijo—, no se puede mezclar lo personal con lo profesional. La limpieza es la limpieza.

—Pero... —la verdad seguía pugnando por salir, incluso cuando Sterling añadió:

—No le quepa duda de que el recuerdo imperecedero de su hermana está donde debe estar —extendió un brazo para señalar la inmensa pared de cajas fuertes—. Ahí está y ahí debe quedarse. No podemos hacer excepciones.

Hope tragó saliva. La verdad dejó de pugnar.

—Permita que la acompañe personalmente a la Cámara —propuso el hombre—. Como ya supondrá, la seguridad es extremadamente estricta.

La niña siguió sus pasos. Al bajar de nuevo al Vestíbulo, oyó que Ute y Franka la llamaban:

—¡Nenita preciosa!

—¡Naranja china!

Y sus gritos la confortaron. Aunque no pudiera ver el memi de Honey en un monitor, haría *lo que fuese* para quedárselo.

En la puerta de la Cámara, Sterling le recordó:

—Alerta...

—… y vigilante —completó ella.

—Eso es, y muchas gracias por los servicios prestados.

—Huy, vaya —dijo Hope—, gracias a usted.

Y abriendo la puerta lo menos posible se coló dentro como un ladrón en plena noche.

¡Oh, Honey, te siento tan cerca!

LA CÁMARA ESTABA SILENCIOSA y en penumbra.

Violette ya se había retirado a dormir, en una chaise longue color bermellón, debajo de una colcha con brocados.

Hope fue de puntillas a una cama cercana y se deslizó bajo las sábanas procurando hacer el menor ruido posible. El respeto de Violette por la quietud y el silencio había calado hondo en ella. Se estiró cuan larga era. Al sentirse por fin a salvo, confió su tesoro, el memi de Honey, al bolsillo situado sobre su corazón.

—Buenas noches —musitó Violette.

—¡Oh! —dijo Hope—. Creí que estabas dormida.

—Solo dormitaba, querida. Vagaba. Es delicioso.

La mano de Hope cubría y protegía el recuerdo de su hermana, apretándolo contra su pecho.

—¿Han sido provechosas tus horas de vigilia? —preguntó Violette, su voz sonó como música en la estancia oscurecida—. ¿Tienes alimento para tus sueños?

—Ah, sí —respondió Hope. La visión, encontrar el recuerdo de Honey, su charla con Sterling junto al monitor… ¡Le había pasado de todo!

—Magnífico. Estarás cansada —dijo, contenta, la Guardiana.

Hope lo estaba de verdad, pero su mente no. Se acomodó lo mejor que pudo y trató de no pensar en las posibles consecuencias de sus actos, trató de acoplar el ritmo de su respiración a las pulsaciones del memi de Honey, que sentía cálido contra su pecho. Poco a poco se fue calmando y, al hacerlo, el recuerdo del rostro de su hermana volvió a ella, silente como el humo.

—La he visto —le confió a Violette, casi en susurros—. ¡Me estaba mirando!

Violette no se sorprendió en absoluto.

—¿A que los momentos de visión expandida son fantásticos? —dijo—. Tan inesperados. Tan misteriosos. Gracias al cielo que sirven de contrapunto a nuestras interminables horas de vigilia. Nos salvaguardan del hastío, como yo digo. Los déjà vu, por ejemplo.

—¿Déjà vu? —repitió Hope.

—Ciertas personas los consideran recuerdos de mundos paralelos; para otras son intersecciones del sueño y de la memoria. Algunos los llaman «reminiscencias del futuro»... Pero todos son producto de los sueños.

Hope permanecía tumbada y quieta, con la mano sobre el corazón. Miró la cúpula del techo, pulsante de sueños y de luces. Unas cuantas bolsas brillaban intensamente: planetas cercanos entre soles remotos. «¡Esos han debido ser de aúpa!», pensó.

—¿Violette?

—¿Sí?

—¿Estás segura de que mis sueños me llevarán hasta Honey?

—Oh, querida —contestó la Guardiana—, por supuesto que sí... todo tiende a unirse. No lo pienses ni un segundo más. ¡Sueña tus sueños!

—Pero ¿tú crees que volveré a verla?

—Naturalmente.

—No solo en mis sueños —especificó Hope. Los sueños le encantaban, y estaba deseando tener muchos más, pero ver a Honey en sueños no era lo mismo que verla a la luz del día. Hope quería una hermana real. Quería darle el abrazo más grande del mundo.

La Cámara permaneció un instante en silencio, tras el cual Violette contestó:

—De lo que no hay duda es de que la verás en sueños. Lo demás está por llegar, y será, eso confío, desvelado. Todo puede interpretarse.

—Ah —dijo Hope. Las palabras de Violette la calmaron, aunque no las entendiera del todo. El lobuglobo palpitaba contra su corazón, otra fuente de calor.

—No te preocupes —arrulló Violette—. Todo sigue su curso, querida.

A Hope le encantó escuchar que todo seguía su curso, hacia Honey, y le encantó que la llamaran querida, sobre todo antes de dormir y soñar.

SE DESPERTÓ PROFIRIENDO UN GRITO ahogado, aplastada contra el colchón. Alguien la estaba golpeando. No, no, lo que golpeaban era la puerta. Violette ya se había levantado y giraba sobre sí misma como un torbellino.

—¡Cómo se atreven a perturbar nuestro descanso! Esto es intolerable.

Fue corriendo hacia la puerta y la abrió de golpe; un rayo de luz entró en la Cámara.

—Vengo a recuperar el recuerdo robado —la voz de Sterling era profunda, más resonante que nunca.

Hope se enderezó como un resorte y se puso de inmediato la mano sobre el corazón, sobre el memi de Honey.

La puerta se abrió aún más, el rayo de luz creció hasta alcanzar a la niña. Sterling se acercó a ella.

—No —dijo Hope. La palabra se le escapó sin querer.

—Debo insistir —dijo él.

—Sterling —terció Violette, pero el hombre levantó la mano como si dirigiera el tráfico.

—Esto no te compete. La niña se ha llevado un imperecedero de su caja de seguridad. Debe devolverlo. Al sitio donde debe estar.

Violette retrocedió para escapar al rayo de luz.

—Debe estar conmigo —replicó Hope. Desde su llegada al Banco, había aprendido un par de cosas sobre dónde debía o no debía estar uno. Le sorprendió su propia voz, firme y segura.

Sterling extendió la mano.

—Démelo —exigió—, ya.

Deshacerse del recuerdo de Honey era inconcebible. Metió la mano en su bolsillo y agarró el lobuglobo, esa masita cálida. Era cuanto tenía de su hermana, lo más cerca de ella que podía estar.

—Le advierto que esto puede acabar muy mal —amenazó Sterling. Fue lo peor que podía haber dicho.

Cuando se inclinó para quitárselo, Hope se llevó la mano a los labios, se metió el lobuglobo en la boca y se lo tragó.

A Sterling se le desorbitaron los ojos. A Hope también.

—¿Pero qué…? —farfulló él.

¡Pues que seguía siendo de Hope! Lo sentía en su interior, como una píldora gorda y caliente, bajando por su garganta.

«¿Y si me mata?», se preguntó de pronto; pero solo después de tragárselo y solo durante un segundo, porque en ese preciso momento se disparó la alarma del Vestíbulo. El ruido atravesó a Hope como una descarga eléctrica. ¿Sería una alarma contra *ladrones*? ¿Sería *ella* la ladrona?

Sterling salió corriendo a ver qué pasaba pero, al instante, dio media vuelta y regresó, también corriendo, a la cama de Hope. No pensaba abandonar al imperecedero robado. Con un rápido movimiento agarró a la niña, se la puso debajo del brazo y se precipitó hacia el Vestíbulo. Tenía una fuerza increíble para lo flacucho que era.

Hope tuvo la extraña sensación de ser un balón de rugby arrastrado por el campo. Mientras Sterling cargaba con ella, vio que Violette se tapaba las orejas con unos cojines pequeños para no oír el ululato.

—¡Si ya te lo decía yo! —le gritó Sterling—. ¡Es un ataque enemigo!

El Vestíbulo de los Recuerdos era un pandemónium: la alarma atronaba, la gente corría, las bicis hacían malabares para no atropellar a nadie. Sterling se adentró a todo correr en el Laberinto pero, por fin, se quedó sin resuello y tuvo que soltar a Hope.

La niña sentía el pecho caliente, el corazón desbocado. Tanto ella como Sterling miraron con incredulidad hacia el Receptor.

¡No caían lobuglobos… ni uno solo! El fragor del torrente de recuerdos había sido reemplazado por un tremendo chirrido que superaba en volumen al feroz ululato de la alarma. El embudo estaba atascado, su boca taponada por algo oscuro y redondo. A Hope le pareció que ya lo había visto todo con anterioridad. ¿Estaría soñando o recordando o viviendo algo real? Se dio un rápido pellizco con su manita caliente. Y entonces lo oyó: otro sonido, por encima o por debajo de la alarma y del chirrido, un sonido totalmente distinto, un sonido dulce. ¿Qué era?

Ladeó la cabeza y escuchó, incluso cuando su pecho se calentó de mala manera y tuvo que ponerse a dar saltitos y a abanicarse. En medio del tremendo caos, de la ensordecedora barahúnda, sintiendo que iba incendiarse de un momento a otro, trató de escuchar con toda su alma el sonido que estaba segura de haber oído.

Entonces fue cuando llegaron los Retrospectores, salidos de la nada, con sus motos rugientes, sus faros parpadeantes y sus bocinas atronadoras. Hope y Sterling giraron sobre los talones y saltaron hacia atrás.

Un Retrospector con casco y gafas de motorista se acercó a ellos enarbolando un artilugio que apuntó directamente hacia Hope. Ella retrocedió, pasito a pasito, pero él siguió adelante. ¡La estaba persiguiendo! ¿Sería aquello el fin?

—¿Qué quiere? —gritó.

—¡Están buscando el imperecedero que te tragaste! —aclaró Sterling.

Hope jadeó y cruzó los brazos sobre su pecho, su ardiente pecho, con el cálido recuerdo que custodiaba. Pero si buscaban el recuerdo de Honey era porque calentaba más que de costumbre, y eso significaba que... No, no, era demasiado horrible... *¿Sería el momento final de Honey?*

Entonces fue cuando lo oyó de nuevo, el sonido. Y de pronto supo exactamente lo que era: un silbido...

limpio y claro, y procedía del Receptor. ¡Honey la llamaba! ¡Honey la necesitaba!

Hope echó a correr. Los Retrospectores la persiguieron en frenética caravana, pero ella mantuvo la delantera hasta llegar al Receptor de Recuerdos. Allí se coló entre Ute y Franka, saltó al foso y escaló y escaló por los conductos interiores, trepando como una cabra montés, hasta que vio la boca del embudo. La guiaba el silbido, el único sonido que existía en el mundo; ya no había alarmas, ni chirridos, tan solo el sonido del silbato. El recuerdo imperecedero de Honey llenaba su pecho con un calor cada vez mayor, pero el silbido se debilitaba cada vez más.

—¡Ya voy, Honey! —gritó—. ¡Aguanta!

Se impulsó hasta el tubo más alto del Receptor y se quedó en el borde, intentando guardar el equilibrio. La llamada del silbato, apagada, entrecortada, se oía justo detrás de la bola negra que taponaba el embudo. Honey estaba allí, ¡pero al otro lado!

Hope se estiró todo lo que pudo y más para agarrar el último eslabón de la cadena que colgaba de la bola. Luego tiró con todas sus fuerzas, con más que todas sus fuerzas.

¡Y la sacó! La bola de demolición salió disparada y cayó a plomo por la boca del Receptor, seguida de una avalancha de lobuglobos, en cuyo interior Honey, manoteando locamente, se precipitaba al vacío.

Hope no perdió ni un segundo. Se metió de cabeza en la cascada y sacó a su hermana.

—¡Te echaba de menos! —gritó abrazándola muy fuerte—. ¡Ay, Honey, cómo te echaba de menos!

Honey se moría, sí, ¡pero por enseñarle sus nuevas coletas!

—Esto te va a encantar —prometió Hope—. Desde ahora dormiremos allí —añadió señalando la Cámara de los Sueños—, y tendremos unas camas estupendas. ¡Y a Helen, en la Guardería, y bombones! Y esos de allí son los Retrospectores.

Las dos miraron mientras los diminutos hombres se alejaban del Receptor en sus rugientes motos. Pues por fin no había sido el momento final de Honey. ¡Más bien era el principio de todo!

Detrás de ellas continuaba el diluvio de lobuglobos —catarata gloriosa—, acompañado de críos que manoteaban y pataleaban. El Receptor los disparaba a todos hacia el foso, y en ningún momento de su recorrido por los conductos dejaban los niños de reírse como locos.

Desde lo alto, Honey saludó con la manita a sus camaradas de la BBCN que ya habían llegado al suelo… y habían sido extraídos de entre los lobuglobos por las Clasificadoras.

Al cabo de un rato, Hope se dio cuenta de la cantidad de gente que las miraba desde abajo. A ellas, precisamente. Y las saludaban y les aplaudían y les hacían señas para que bajaran.

—¡Nos quieren! —gritó Hope—. ¡Nos quieren!

Honey agitó sus piececitos.

—Vamos —dijo Hope. Se cargó a Honey a la espalda, monito feliz, y descendió ágilmente por un tubo lateral del Receptor, recibiendo los vítores del gentío.

En cuanto llegaron al suelo, Hope sostuvo a Honey en alto para que las Clasificadoras la vieran bien.

—¡Hermanas! —berreó Ute, y les hizo señas con los dos pulgares en alto antes de volver a su labor de pescadora de niños.

Franka se marcó un chachachá mientras sacaba a otro miembro de la BBCN del torrente.

Hope y Honey contemplaban encantadas el caos que reinaba a su alrededor.

De pronto, cerca de ellas, un par de manos emergió de la montaña de lobuglobos y se agarró a la bola de demolición como si le fuese la vida en ello. Poco después salió una cabeza.

Honey se retorció en los brazos de Hope para saludar efusivamente a la recién llegada.

Los niños que ya habían sido rescatados vitorearon a su aguerrida cabecilla:

—¡Tabby!

Algunos de ellos agitaron los mugrientos puños en el aire mientras salmodiaban:

—BBCN, BBCN, BBCN...

Sterling, consciente del peligro, llamó a Seguridad.

Para entonces la chica ya había salido por completo del tropel de niños y canicas, y esperaba muy erguida, con los pies firmemente plantados en el suelo. Cuando habló, se dirigió directamente a Sterling:

—Relájate un poco, papá. ¿No ves que estábamos de guasa?

«¿*Papá*?», se preguntó Hope. ¿Acababan de llamarlo *papá*?

Las cejas y los hombros de Sterling se dispararon hacia el cielo.

—¡Qué bonito! —aulló Ute—. ¡Tienes hija!

—¿*Martha*? ¿Es posible que seas *tú*?

—Eso es historia. Ahora soy Tabby.

—¡Eres tú! ¡Mary Martha! ¿Qué haces aquí? ¿Por qué no estás en casa? ¿Haciendo los deberes?

—Me escapé, papá. ¿No te acuerdas? Como hace once años.

—Me parece recordar algo... ¿En serio hace tanto?

—El tiempo vuela, y tú debes de estar tan ocupado, tan ocupadísimo con tu trabajo imperecedero y todo eso...

—Entonces... ¿eso es que... es que te has...? ¡*No puedes* ser de la BBCN!

—¡Yo *soy* la BBCN! Tabby, papá, viene más o menos de Tabla Rasa. Estos son mis marionetitas —dijo señalando a los niños que jugaban entre lobuglobos—. Mi ejército de perdidos y abandonados, ese que crece sin parar.

—¡Honey no está perdida! —interrumpió Hope—. ¡Ni abandonada!

Sterling estaba que echaba chispas:

—¿Te atreves a decirme que tú eres la responsable de este... desaguisado?

—Ha sido idea mía —admitió Tabby muy ufana, y una sonrisa pasó fugazmente por su cara—. Lo único que no sabíamos es que la señorita Arreglalotodo, aquí presente, iba a quitar el tapón para arrastrarnos a este feliz encuentro.

Tabby miró a Hope y echó un rápido vistazo a Honey, que estaba contentísima en brazos de su hermana.

—Ven aquí —dijo intentando quitársela.

Fue lo peor que podía haber hecho.

Honey rodeó a su hermana con sus bracitos regordetes y apretó con todas sus fuerzas.

Y arriba que fue como un cohete el lobuglobo que Hope se había tragado, propinándole a Tabby un golpetazo justo en medio de la frente —un tercer ojo— y yendo a rebotar directamente en el pecho de Sterling.

Se hizo un silencio de lo más incómodo.

—Es el imperecedero —dijo Sterling por fin, sujetando la canica entre dos dedos.

—No me ha dolido ni un poco —declaró Tabby, frotándose la frente—. Birria de lobuglobulito…

—Es un objeto raro y precioso —rebatió su padre— que merece ser conservado y protegido.

—El Vertedero es lo que se merece —insistió la hija—, reconozco a un proscrito en cuanto lo veo.

Hope se preguntó por qué discutían. ¿Qué más daba? Honey estaba allí, la Honey entera y verdadera, ¡estaba allí, sana y salva!

Sterling arqueó una ceja.

—Comprobaré que no haya sufrido daños antes de guardarlo.

En ese preciso momento, como si le hubieran dado el pie, Violette salió al Vestíbulo maravillosamente engalanada. Detrás de ella iba Frank Obleratta, con un barril de chocolate caliente al hombro.

—Eh, ese fue el que me *entregó* —le dijo Hope a Honey—. Un especialista.

—Seguro que todos están exhaustos —repetía Violette a los niños mientras repartía tazas de chocolate—. Te esperábamos —le susurró a Honey, y añadió una segunda cucharada de nata a su tazón. Después le dio la bienvenida a Tabby, arrullándola con su voz—: Te conozco de los sueños de tu padre.

Por último dirigió a todo el grupo las siguientes palabras:

—¡Vámonos todos a la Cámara de los Sueños a celebrar la Fiesta del Pijama!

—¡Me opongo! —dijo Sterling—. Esta panda de, de, de...

—¡Niños! —gorjeó Violette—. ¡Suficientes niños para llenar todas las camas de la Cámara!

Era un sueño hecho realidad.

—Pero no podemos abrir nuestras puertas a…

—Oh, ya lo hemos hecho, Sterling, y también se han abierto puertas para nosotros. Ya es hora de acabar con esta guerra. Aquí estamos, jóvenes y viejos, recordadores y desmemoriados, por fin juntos y dispuestos a soñar. ¡Únete a nosotros, por favor!

—Pero tengo ocupaciones muy serias —se resistió Sterling, enseñándoles el recuerdo imperecedero de Honey—. Tengo que llevarlo a su caja de seguridad.

—Después de atender a los niños —urgió Violette—, ¡los niños primero!

Sterling fue a decir algo, pero se contuvo. El color volvió a sus mejillas y sus ojos escrutaron la multitud para buscar a Tabby. Al encontrarla dedicó a Violette una pequeña reverencia y se abrió paso entre el gentío hasta llegar junto a su hija.

Esta le echó un vistazo receloso e hizo todo lo posible por poner cara de asco, aunque le faltó el tiempo para hacerle sitio a su lado. Después de un momento, dijo:

—¿Cómo te ha ido?

—He estado muy ocupado —contestó su padre—. Tu banda nos ha traído de cabeza.

Tabby sonrió.

—Eso pretendíamos.

—Atención —dijo Violette a voces—, la Cámara nos espera.

Los niños lanzaron vítores y corrieron en pos de Hope y de Honey, que abrieron el camino.

Las hermanas se detuvieron a la entrada de la Cámara de los Sueños para sujetar la inmensa puerta.

—Bienvenidos al lugar de los sueños —decía Hope a todos los que cruzaban el umbral.

Los miembros de la BBCN entraron ruidosamente, corretearon a resbalones en busca de un sitio, treparon por las escalerillas de los coches cama, dieron saltos sobre los mullidos colchones y se zambulleron en las camas con dosel. Dejaron caer sus desaliñados cuerpos en cojines de plumas y descansaron sus desgreñadas cabezas en almohadas mullidas.

Tabby miró con orgullo a su banda de golfillos mientras estos se acomodaban en la Cámara. Por fin, escogió una hamaca para ella y se tumbó. Sterling no le quitaba ojo. Al cabo de un rato, tan disimuladamente como pudo, se acercó a la hamaca. Luego la agarró por el borde, para mecer a su hija, muy despacito, a izquierda y derecha, izquierda y derecha, con un movimiento casi imperceptible.

Hope y Honey esperaron hasta que todos los huéspedes estuvieron acostados. Entonces entraron en la Cámara y cerraron la puerta. Les habían reservado la gran cama en forma de trineo —el lugar de honor— situada en el centro de la estancia.

Mientras se metían entre las sábanas y se arropaban, una espontánea salva de aplausos llenó la habitación.

Violette revoloteó de cama en cama para repartir en directo besitos de buenas noches o soplarlos desde su mano a los niños a los que no alcanzaba. Luego redujo la intensidad de las luces y dejó que sonara la música.

Sterling le hizo una reverencia y se encaminó de puntillas hacia la puerta.

La quietud y el silencio se adueñaron de la Cámara.

De par en par, los ojos se fueron cerrando.

De uno en uno, los niños se rindieron al sueño.

Durante un momento absolutamente inolvidable,
Hope abrazó a Honey y Honey abrazó a Hope,
y sus sueños fueron dulces.

PARA BELLE

—C.C.

PARA ANNA

Y NINA

—R.S.